因草与魔鬼

[日] 芥川龙之介 著

丁朱蕾 译

重庆出版集团 重庆出版社

图书在版编目（CIP）数据

烟草与魔鬼 /（日）芥川龙之介著；丁朱蕾译. — 重庆：重庆出版社，2023.6
ISBN 978-7-229-16314-3

Ⅰ.①烟… Ⅱ.①芥… ②丁… Ⅲ.①短篇小说-小说集-日本-现代 Ⅳ.①I313.45

中国国家版本馆CIP数据核字（2023）第037496号

烟草与魔鬼
YANCAO YU MOGUI

[日] 芥川龙之介 著 丁朱蕾 译

丛书策划：李　子
责任编辑：李　子　彭昭智
责任校对：杨　婧
装帧设计：荆棘设计
版式设计：侯　建

重庆出版集团
重庆出版社 出版

重庆市南岸区南滨路162号1幢　邮政编码：400061　http://www.cqph.com
重庆天旭印务有限责任公司印刷
重庆出版集团图书发行有限公司发行
E-MAIL:fxchu@cqph.com　邮购电话：023-61520646
全国新华书店经销

开本：787mm×1 092mm　1/32　印张：7.375　字数：160千
2023年8月第1版　2023年8月第1次印刷
ISBN 978-7-229-16314-3
定价：39.80元

如有印装质量问题，请向本集团图书发行有限公司调换：023-61520678

版权所有　侵权必究

烟管 1

烟草与魔鬼 15

MENSURA ZOILI 26

运气 35

尾形了斋备忘录 46

道祖问答 52

偷盗 58

浪迹天涯的犹太人 132

大石内藏助的一天 144

两封信 159

戏作三昧 176

单相思 214

女体 223

黄粱梦 226

英雄之器 229

烟　管

前田齐广——加州石川郡①金泽城城主,前往江户参勤交代②之时,每登江户城主堡,必携其爱物——一支烟

---

① 也称加贺藩,今日本石川县。——译者注
② 参勤交代为日本江户时代制度,旨在控制大名。各藩大名需前往江户替幕府将军执行政务一段时间后,再返回自己领地。——译者注

管。该物出自当世著名烟管商——住吉屋七兵卫之手，纯金精心打造，刻铸剑梅家徽①，可谓精美至极。

依据幕府制度，前田家自五代藩主——加贺守纲纪②以来，世代均位居大廊下③尾纪水三家之后。论富贵程度，当时的大名、小名④中，自然无人可与之比肩。因此，城主齐广使用纯金烟管，不过是拿着匹配其身份的装饰品而已。

然而，齐广却对拥有烟管一事自命不凡，并非因为可以随心所欲把玩，而是平日随时叼着如此烟管吞云吐雾，以无上权势碾压其他诸侯。换言之，他视纯金烟管为加州百万石俸禄诸侯的权势象征，不论何时何地，他都趾高气昂地随身携带。

正因如此，每逢登城，齐广皆烟管不离手。与人交谈之时自不必说，即便一人独处，亦会从怀中掏出烟管，落落大方地叼于口中，吸着长崎烟丝，香味浓烈，悠然自得。

---

① 江户时代，各地大名至江户参勤路中，为相互识别，会在随身之物上标注家徽。此处指花与剑结合的日本纹章。——译者注
② 加贺守纲纪，即前田纲纪，加贺藩第五代藩主，左近卫权少将兼加贺守、参议、肥前守。——译者注
③ 大廊下，江户城的主堡房间有上下两层。前田家使用下层房间。——译者注
④ 大名、小名为日本古时称谓，是日本幕府将军的封臣。——译者注

当然，也许他的得意尚不算极致狂妄，他无意借烟管或烟管代表的百万石权势向人炫耀。即便他不炫耀，将军府中之人也已明显留意到该烟管。当齐广发现这一点时，愉悦之情便油然而生。事实上，当同座的大名夸赞他的精致烟管，请求观赏之时，他甚至觉得口中的烟草味比平日更为美味，在欢快地挑动着味蕾。

二

惊叹纯金烟管的众人中，最爱议论纷纷的莫过于所谓"坊主"[①]阶级。这些人但凡相聚，便会饶有兴趣地讨论这支"加贺烟管"。

"不愧是大名用的烟管啊。"

"哪怕是同样的烟管，那种纯金的拿去当铺能值不少钱呢。"

"拿去当铺的话，能值多少钱？"

"又不是你，谁会把它拿去当铺？"

---

① 从事茶水等杂活的光头侍者。——译者注

差不多都是类似这样的讨论。

一日，五六人又凑一处，光脑袋围成一圈，他们边吸烟边又聊到了烟管。此时，数寄屋坊主①河内山宗俊②偶然路过。此人便是后来"天保六歌仙"的主要成员。

"哼哼，又在讨论烟管吗？"

宗俊轻蔑地瞥向这些坊主，若无其事地问道。

"不管是雕刻技术，还是纯金质地，啧啧，都棒极了。我们这种连银烟管都没有的人，看一下都觉得眼馋啊……"

名叫了哲的坊主正讲在兴头上，突然发现，宗俊不知何时拿走了他的烟丝袋，从里面掏出烟丝塞入自己烟管，正吞云吐雾，吐出一个个烟圈。

"喂，喂，那可不是你的烟丝袋啊！"

"没事没事！"

宗俊完全无视了哲，自顾自地塞着烟丝。抽完后，边打哈欠边把烟丝袋扔回去。

"真是的，烟丝又不咋地。居然声称喜欢烟管，真让人吃惊。"

---

① 管理江户幕府的茶礼、茶器的小吏。——译者注
② 下文简称"宗俊"。——译者注

了哲忙收起烟丝袋。

"你胡说八道,要是用纯金烟管的话,我这烟丝还是很带劲的。"

"哼哼,又开始念叨纯金烟管,既然你这么喜欢,咋不直接去讨来?"

"讨烟管?"

"是啊。"

对宗俊旁若无人的态度,了哲非常无奈。

"你真是胡言乱语,我再渴望那玩意儿,也不会……我只要银烟管就满足了……再怎么说,那烟管可是纯金的呀!"

"我当然知道。正因为是纯金,才去讨啊。谁会去讨黄铜烟管啊?"

"但是,我还是有点害怕那人。"

了哲敲了一下自己的光头,做出畏惧的动作。

"既然你不去,那我去讨。听好了,你以后可别羡慕。"

宗俊说完,一边磕着烟管,一边耸肩冷笑。

三

不久之后。

如往常一样，齐广正在将军府中一室吸烟。此时，绘着西王母的金色隔扇静静开了。只见一名坊主毕恭毕敬爬到跟前，此人身穿黑底黄竖纹的丝绸和服外褂——黄八丈[①]，上面印有家徽。他未抬头，齐广不知来者何人。齐广以为他有事而来，于是一边磕着烟管，一边朗声询问：

"来者何事？"

"老爷，宗俊有一事相求。"

宗俊说完顿了一下，又接着说。边说边抬起了头，最后直勾勾盯着齐广的脸。这类人很独特，摆出一副讨人喜欢的表情，眼神却很可怕，如同蛇盯猎物一般。

"并非什么大事，只希望老爷赏赐一样东西，就是您手中的烟管。"

闻听此言，齐广不由看向手中的烟管。他的视线刚落到烟管之上，宗俊便紧紧追问：

---

① 日本八丈岛的传统染织工艺，用当地植物染色，纯手工织成的纺织物，由黄、褐、黑三色织成。——译者注

"怎么样？恳请老爷赏赐。"

宗俊的语气中有恳求，还有威胁。这源于坊主阶层对大名的威胁。将军府崇尚繁文缛节，因此所有诸侯须听坊主指导。齐广既碍于此，又不愿被人背后指点，认为自己吝啬。况且，纯金烟管对他而言并非难得之物。鉴于前述的双重原因，他不知不觉将烟管递到宗俊面前：

"喏，给，你拿去吧。"

"多谢老爷赏赐。"

宗俊接过纯金烟管，恭恭敬敬举过头顶，迅速退到西王母隔扇外。他刚退下，便被人从身后拉住袖子。他扭头一看，原来是了哲。了哲那面无表情的脸皮笑肉不笑，一脸渴望，用手指着宗俊手里的纯金烟管。

"喏，你看。"

宗俊轻声说，把烟管的烟斗伸到了哲的鼻尖下。

"你真的得手了！"

"我不是早说了吗？你现在眼馋，已经晚了。"

"我下次也要去讨。"

"呵呵，随便你。"

宗俊用手掂了掂烟管的分量，视线越过隔扇上方，瞥了齐广一眼，再次耸肩冷笑。

四

烟管被索走了，齐广却并未不快。他下堡时，心情从未如此之好，这让侍从们难以置信。

将烟管赠予宗俊，反而让齐广获得满足。换言之，自己拥有不如送人更让他满足。这合乎情理。如前所述，他的得意并非因为拥有、把玩烟管，而是以此炫耀百万石俸禄的极高权势。因此，拥有纯金烟管可满足其虚荣心，同样毫不吝啬将烟管送人亦可满足其虚荣心。碰巧赠予宗俊，虽有不得已的外因，但内心的满足感丝毫未减。

于是，齐广刚回到本乡①的住所，就开心地告诉身边侍从：

"我的烟管被宗俊坊主拿走了。"

五

家臣们闻听此事，对齐广的慷慨大为震惊。但只有

---

① 今东京文京区。——译者注

御用部屋①的山崎勘左卫门、御纳户挂②的岩田内藏之助、御胜手方③的上木九郎右卫门三人不由自主地锁紧眉头。

当然，以加州藩的经济实力，一支纯金烟管根本不算什么。但齐广每逢阴历初一、十五、二十八登堡时，若坊主们皆来索要，那则是天价支出。为弥补烟管制作成本，还有可能增加杂税。如若那样，事情就大了。三名忠臣想法一致，惶恐不安。

于是，他们马上召集开会，共同研究对策。其实办法只有一个，就是更改烟管的制作材料，让坊主们都失去兴趣。然而，究竟换成什么材料，岩田和上木却意见不一。

岩田认为，鉴于老爷的体面，不应该使用劣于银的金属。上木则认为，既然为了堵住坊主们的贪欲，那么最佳材料便是黄铜。事到如今，还顾什么体面，那是姑息之见。两人各抒己见，针锋相对。

此时，老成的山崎提出一个折中方案。他认为，两人所言皆有理，但可先用银制作烟管，如果坊主们继续索要，再换成黄铜也来得及。对此折中方案，那二人自然无异议。

---

① 江户幕府时期诸侯的政务之地。——译者注
② 江户幕府时期掌管衣物的官吏。——译者注
③ 江户幕府时期掌管会计的官吏。——译者注

于是，三人又商量决定，命住吉屋七兵卫制作银烟管。

六

此后，齐广每逢登堡，均手持银烟管。与纯金烟管一样，精心打造，刻铸剑梅家徽，精美至极。

手持新烟管，齐广自然不如先前那般得意，很少拿着它与人交谈，即使拿在手里也会马上收起来。因为同样的长崎烟丝，不如用纯金烟管抽时那般浓香满口。当然，更换烟管的制作材料不仅影响到齐广，与三名忠臣预料的一致，也影响到坊主们。然而，这种影响却完全出乎所料。以前是纯金烟管，一些人有所顾忌，不敢来讨，现如今这些人争先恐后来讨要银烟管。齐广对纯金烟管都不在乎，直接送人了，更何况银烟管。他毫不吝啬，豪赠众人。最后，齐广自己都糊涂了，究竟是登堡之时送人烟管，还是为了送人烟管而登堡。

听闻此事，山崎、岩田、上木再度皱眉，开会讨论。事已至此，唯有按上木的方案进行，制作黄铜烟管。于是，如以往一样，仍命住吉屋七兵卫制作。

就在此时，一个近侍到来，传达齐广的意旨。

"老爷说用银烟管的话，那些坊主便会没完没了地索要。他令你们制作和以前一样的纯金烟管。"

三人面面相觑，不知如何是好。

 七

看到其他坊主争先恐后争抢齐广的银烟管，宗俊心里五味杂陈。了哲在阴历八月初一①齐广登堡之时拿到一支银烟管，宗俊看他那般欢呼雀跃，真想用自己天生的尖嗓迎头痛骂"混蛋"。他也想要银烟管，但若与其他坊主一起追要，未免太给银烟管赏脸"贴金"了。骄傲与欲望交杂，折磨着他的内心。内心呼喊："咱们走着瞧，我一定会让你们大吃一惊的。"于是，宗俊表面依旧若无其事，实则垂涎、觊觎齐广的烟管。

一日，齐广正用和以前一样的纯金烟管悠闲吸烟，被宗俊发现了，但貌似并无坊主来讨。于是，宗俊喊住

---
① 农民第一次收谷日，贺丰收。——译者注

正好路过的了哲，下巴悄悄指了指齐广的方向，低言："你来看，又是纯金的了。"

了哲听言，表情错愕，看向宗俊。

"你适可而止吧。连银烟管，我们都这般索要，他怎可能又带纯金的过来？"

"那你说，那为何物？"

"估计是黄铜吧。"

宗俊摇晃着肩膀，因顾忌周边有人，并未笑出声。

"好，黄铜就黄铜吧，我过去要了。"

"你咋认为那又是金的呢？"了哲的信心似乎有所动摇。

"老爷早就掌握你们的心理了。看似黄铜，实则纯金。坐拥百万石俸禄的贵族怎可能默默地用黄铜烟管？"

宗俊快速说完，独自一人走向齐广之处，留下了哲站在绘着西王母的金色隔扇外，目瞪口呆。

约半小时后，在榻榻米走廊上，了哲又碰到了宗俊。

"宗俊，那件事咋样了？"

"哪件事？"

了哲边伸下唇，边紧紧盯着宗俊的脸。

"别装傻。当然是烟管的事啊。"

"嗯，你说烟管呀。喏，给你！"

宗俊从怀中取出金光闪闪的烟管，冷不丁扔在了哲的脸上，随后快步离开。

了哲一边摸着脸上被砸之处，一边骂骂咧咧地捡起掉在地上的烟管，定睛一看，居然是一支刻有剑梅家徽的精巧黄铜烟管。他气呼呼地将烟管摔在榻榻米上，抬起穿着日式白布袜的脚，做出大力践踏的动作……

八

此后，再无坊主向齐广讨要烟管。究其原因，齐广的烟管是黄铜所制，宗俊和了哲已共同见证。

于是，用黄铜烟管假冒纯金烟管蒙骗齐广的三位忠臣再度聚集，又命住吉屋七兵卫制作纯金烟管。要求与被宗俊拿走的那支大小形状、剑梅家纹一模一样。齐广手持烟管，得意洋洋，再度登堡，心里琢磨着定有坊主前来讨要。

然而，却无一人前来。就连曾讨走两支纯金烟管的宗俊也只是瞥了一眼，弯腰走过。同座的大名们也沉默不语，无人意欲欣赏。齐广心觉奇怪。

不，不只是奇怪，最后他心里甚至开始不安。于是，看到宗俊走过，他主动询问：

"宗俊，你还要烟管吗？"

"不用，谢谢。小人之前已获赏赐。"

宗俊大概认为，齐广在戏弄自己，因此语气谦卑，却很生硬。

齐广闻言，心情低落，脸上挂着阴霾。就连长崎烟丝入口也不再合意。因为他顿觉，之前百万石俸禄的权势就如纯金烟管冒出的袅袅青烟一般，销声匿迹，无影无踪……

据说，前田家自齐广以后，齐泰、庆宁皆用黄铜烟管。也许齐广吃了纯金烟管的亏，给后代留下了遗训吧。

芥川龙之介于 1916 年 10 月

烟草与魔鬼

日本本无烟草。那么，这种植物是何时通过船运输到日本的呢？各处记载都不一样。有的写着庆长年间[①]，有的写着天文年间[②]。但庆长十年左右，日本已到处种植烟

[①] 庆长年间，即1596—1615。——译者注
[②] 天文年间，即1532—1555。——译者注

草。到了文禄年间①，吸烟在日本已非常流行，甚至还有这样的讽刺诗："无用禁烟令，空文禁钱令。天高皇帝远，医者也无策。"

那么，将烟草带到日本的是何人？历史学家都会回答葡萄牙人或西班牙人，但这并非唯一答案。另有一传说，认为是魔鬼从某处带来了烟草，而且，那个魔鬼是跟着天主教神父（可能是方济各神父②）不远万里来到日本。

做出如此解释，天主教徒可能会谴责我，认为我诬告他们的神父。但我认为，事实就是如此。为何这么说，因为南蛮③之神降临之时，也带来了南蛮的魔鬼。同样道理，西方的"善"来到日本之时，必然也会带来"恶"。这是理所当然的。

但是不是就是那个魔鬼带来了烟草呢？这一点，我无法打包票。在阿纳托尔·法朗士所写之作中提到，魔鬼曾经想用桂花来引诱和尚。如此看来，不能完全否认

---

① 文禄年间，即1592—1596。——译者注
② 方济各神父，即方济各·沙勿略。天主教神父。曾于16世纪去往日本。——译者注
③ 南蛮，15世纪开始，日本将到来的葡萄牙人和西班牙人称为"南蛮人"，这些人带来的西洋文化称为"南蛮文化"。——译者注

魔鬼将烟草带来日本之事。哪怕这是谎言，但在某种意义上又意外地接近事实。这里，我将基于上述想法，记录烟草传入日本的传说。

天文十八年，魔鬼变成方济各·沙勿略神父身边的传教士，经过漫漫海路，来到日本。之所以变成那个传教士，是因为真正的传教士在中国澳门还是什么地方上岸了，但船上的人并不知道，直接开船走了。于是，将尾巴缠在桅杆上倒立着观察船内情形的魔鬼便立刻变成那位传教士，朝夕服侍方济各神父。拜访浮士德之时，那魔鬼能变成穿着红外套的飒爽骑士，所以这点小变身并不算什么。

魔鬼在西方之时，曾看过《马可·波罗游记》。但到了日本却发现，现实情况与书本记载完全不同。首先，书上说该国遍地黄金，环视四周却并没有。看样子，只要用爪子磨一磨十字架，将它变成金子，就能诱惑人。还有，马可·波罗说，日本人通过珍珠之类的力量，可以起死回生，这也是谎言。既然是假的，只要往各地的井里面吐唾液，传播疫情，大部分人类都会身处痛苦，把天堂之事甩于脑后。魔鬼跟着方济各神父，佯装虔诚，到处参观，心中却想着这些事，独自得意地微笑。

但有一件事让人困扰。对于这一点，连魔鬼也无可奈何。方济各·沙勿略神父刚到日本之时，传教还没开始。这里没有任何天主教徒，所以连诱惑的对象都没有。魔鬼对此也很为难，他不知道如何消磨这无聊时光。

于是经过一番思索，魔鬼决定种植作物，以此打发时间。它在离开西洋之时，在耳内藏了很多各种各样的种子。至于土地，在附近借一块就行了，而且，方济各神父也对此非常赞成。当然，神父只是单纯认为，自己的传教士想在日本移植一些西方药草之类的吧。

魔鬼立刻借来了犁和锄头，在路边的田埂里，认真地开垦起来。

初春时分，空气湿润。霞光中传来远处寺院的钟声，悠扬柔和，让人犯困。西方的钟声洪亮震耳，直冲脑门，这里的钟声却完全不同。但如果你以为，魔鬼身处这样的环境，心情也会放松，那就错了，它绝对不会。

魔鬼听到寺院的钟声，比听到圣保罗教堂的钟声更觉痛苦。它皱着眉头，拼命翻地。为何如此？因为听到这样悠长的钟声，沐浴着明媚的阳光，心情便会放松，既不愿行善，也不愿作恶。那么，它不远万里、漂洋过海来引诱日本人的计划就打了水漂。——魔鬼曾因手上没有老茧,被伊凡的妹妹①责骂。如今却玩了命地挥动锄头刨地,纯粹为了赶走缠着身体的困意。

经过几天的辛勤劳动,魔鬼终于翻完地,将藏在耳内的种子播种到田里。

又过了几个月,魔鬼播下的种子发芽长茎。到了那年夏末,宽大的绿叶将田垄盖得严严实实。但是,无人知道植物的名字。方济各神父也来询问,魔鬼只是笑嘻嘻,什么也没说。

后来,植物的茎部顶端开出簇簇花朵。形似漏斗,花色淡紫。因为付出了心血,魔鬼看到花开,十分高兴。于是,在早晚祈祷后,它就来到地里,精心培育。

有一段时间,方济各神父外出传道,留下传教士一人。那日,一名牛贩子牵着一头黄牛从田边走过。看见一个南蛮传教士,穿着黑色教袍,戴着宽边帽,正在专心地给叶子捉虫。牛贩子觉得这花新奇,不觉停下脚步,摘下斗笠,礼貌地向传教士问道:

---

① 伊凡的妹妹,西方童话人物。到伊凡家吃饭的客人,如果手上没有老茧,伊凡的妹妹就不许他们入座吃饭。——译者注

"您好，神父大人，请问那是什么花呀？"

传教士回过头来。牛贩子看了他一眼，只见他是个西洋人，低鼻梁，小眼睛，看起来性格很温和。

"您说这个吗？"

"是的。"

传教士倚着地里的栅栏，摇了摇头，用不熟练的日语说道：

"很遗憾，这花的名字，我无可奉告。"

"哦？是方济各神父不让您说的吗？"

"不是的。"

"那您就告诉我呗。我最近受到方济各神父的感化，也信教了呢。喏，您看。"

牛贩子得意洋洋地指了指自己的胸前。传教士一看，果然挂着一个小小的黄铜十字架，在阳光下锃亮发光。也许是觉得刺眼，传教士皱眉低头，很快用更温和的语调半开玩笑地说道：

"那也不行。我们国家规定，这不可以说。您不如猜一猜。日本人这么聪明，肯定能猜中。如果猜中的话，这地里的东西我拱手全部送给您。"

牛贩子以为传教士在和自己开玩笑。他黝黑的脸上露出微笑,故意夸张地歪头。

"是什么东西呢?这一时半会的,我也猜不出来啊。"

"不用今天就猜出来。这三天里,您好好想想,去问人也没事。如果猜中了,我就全部送给您。除此以外,我再送您红葡萄酒,或者,我可以送你'现世乐园图'。"

牛贩子十分惊讶,觉得对方太过热情。

"那如果猜不中,怎么办呢?"

传教士把帽子往后戴了戴,摆手笑着。他的笑声十分尖锐,就像一只乌鸦。牛贩子觉得有些奇怪。

"如果猜不中,那我得向您要点什么。这就是赌博。就看您是猜得中,还是猜不中了。如果猜中了,这些全部都给您。"

接着传教士的声音又恢复了温和。

"就这么定了,我也赌一把。您要什么,我给您什么。"

"什么都可以?那牛能给吗?"

"只要您愿意,现在就能给。"

牛贩子笑着,摸了摸黄牛的额头。直到现在,他依然觉得,这个和蔼的传教士在开玩笑。

"如果我赢了,那片开花的草就是我的了。"

"可以。就这么定了。"

"一言为定。我以主耶稣基督的名义发誓。"

传教士闻言,小眼放光,鼻子满意地哼了几声。接着,左手叉腰,稍稍挺胸,右手摸着紫色花朵。

"如果您输了,我要您的肉体和灵魂。"

说着,传教士大幅度伸出手臂,摘下帽子,乱糟糟的头发里,露出两只山羊一样的犄角。牛贩子大惊失色,手中的斗笠也掉了。也许是西斜阳光的缘故,田里的花和叶也顿时失色,连黄牛都被吓住了,低下牛角,发出低吼,犹如大地轰鸣声。

"您向我做了保证,您就得做到。您用我不能说的名字发过誓了。记住了,期限三天。那么,再见。"

魔鬼语气殷勤,却又带着一丝轻蔑。它故意恭恭敬敬地向牛贩子鞠了一躬。

牛贩子十分后悔,认为自己粗心大意,上了魔鬼的当。就这么下去,最后定会被恶魔捉住,肉体和灵魂将在"永不熄灭的烈火"中惨遭焚烧。如此一来,自己抛弃以往,接受天主教的洗礼岂不是没有意义了吗?

但是,他已经用主耶稣基督的名义发过誓了,不能毁约。当然,如果方济各神父在的话,还能有个办法,不巧他又不在。于是，牛贩子三天三夜未曾合眼，思索如何巧妙地对付魔鬼。看来，除了获悉植物名字，别无他法。然而连方济各神父都不知道的名字，去哪里才能打听到呢……

那日夜晚，期限将至，牛贩子牵着黄牛，悄悄来到传教士住处旁。那住处就在田地旁，前面就是道路。牛贩子一看，窗户没有亮灯，传教士大概已入睡。虽有月亮，但夜色沉沉。寂静的田地里，紫色的花朵在昏暗中绽放。牛贩子本想了一个主意，但没有太大把握。他好不容易悄悄到了这里，看到这里一派寂静，又不由害怕，想打退堂鼓。一想到长着山羊角的魔鬼正在窗后做着地狱之梦，好半天才鼓起的勇气又没了。但一想到自己的肉体和灵魂都得交给那恶魔，他顿时又觉得不能气馁。

于是，牛贩子一边祈求圣母玛利亚的庇护，一边咬牙实施之前想好的计划。说是计划，其实也没什么，就是解开黄牛的绳子，鞭打牛屁股，让它冲去那片田地。

牛被打了屁股，疼得不行，一跃而起，冲破栅栏，在田里横冲直撞。牛角几次撞到传教士家的墙板上。牛蹄声、嘶吼声，响彻夜空，冲破薄雾，直达四方。于是，窗户开了，有人露出了脸。一片漆黑中，虽然看不清脸，但肯定是变成传教士的魔鬼。可能是心理作用,牛贩子仿佛清晰地看到了它头上的犄角。

"这畜生,竟敢破坏我的烟草地。"

魔鬼摆手怒吼,声音中带着睡意。大概是才入睡,所以正气得发狂。

但是,藏在田地后面的牛贩子耳中却回荡着魔鬼的话。那话仿若耶稣的福音:

"这畜生,竟敢破坏我的烟草地。"

于是,和所有类似故事一样,此事圆满结束。牛贩子趁魔鬼不备,完美说出植物的名字——烟草。于是,这田地里的所有烟草都成了他的囊中之物。

但我认为,这个古老的传说有着更深刻的意义。为何如此说?因为魔鬼虽然没有得到牛贩子的肉体和灵魂,但是却让烟草传遍日本。牛贩子看上去虽获得了胜利,但因为烟草的诱惑实际在更大程度上已经堕落。同样,魔鬼的失败,从另一个方面来看也是成功。人类自认为战胜了诱惑,说不定实际上已经告败。

我再简单讲一下魔鬼的下场。方济各神父回来后,立刻用神圣的驱魔工具——五角星将魔鬼驱赶出此地。其后，魔鬼貌似依然变为传教士，四处漂泊。据记载，在南蛮寺建立前后，它还经常出入京都。据说捉弄松永弹正①的果心居士就是魔鬼变的，拉夫卡狄奥·赫恩②曾记载此事，这里不再赘述。其后，丰臣、德川两氏下令禁止天主教后，它开始还会偶尔露面，最终完全离开日本。有关魔鬼的记载，到此结束。明治以后，它再度来到日本，但是相关行踪我却完全不知，实为憾事。

芥川龙之介于 1916 年 10 月

---

① 松永弹正，即松永久秀（1510—1577），日本室町时代武将。——译者注
② 拉夫卡狄奥·赫恩，英国作家。19 世纪到达日本，与日本女子结婚，改入日本籍。——译者注

MENSURA ZOILI
（佐依利亚价值测定器）[①]

我正坐在轮船餐厅的正中间，桌子对面有一怪异男子。

等一下，说是轮船餐厅，其实我并不确定。我只是根据房间情况和窗外大海，费力做出的推断。也许只是

[①] 佐依利亚，芥川龙之介虚构的国家名。价值测定器，亦为虚构的仪器，可测试艺术作品的价值。——译者注

更寻常之地。哦不，我仍觉得是轮船餐厅。如果不是的话，怎会如此摇晃。我并非木下杢太郎[①]，我搞不懂摇晃多少厘米的概念。但是，船真真切切在摇。如果你觉得我在撒谎，不妨看一下窗外上上下下晃动的水平线，马上就能明白。天空一片阴暗，大海一望无际，泛着模糊不清的青绿色。碧海与灰云的交接之处——海天交际处宛若根根琴弦，形形色色，在圆窗内胡乱切割。其中，与天空同色的某种物体正在飞翔，那大概是海鸥吧。

我对面的男子鼻梁上架着高度近视眼镜，百无聊赖，正在阅报。他有着浓密的胡须，四方下巴，我似乎在哪儿见过，但怎么都想不起来。他的头发又长又乱，估计是作家、画家一流。但我总觉得，他身上的茶色西装并不合身。

我抿嘴慢品小酒杯中的甜洋酒，偷偷观察那男子。无聊的我本想和他搭话，但看那人板着脸，又一时犹豫了。

这时，那位方下巴男子伸长腿，用忍住呵欠的声音说："哎呀，太无聊了。"然后，透过近视眼镜看了我一眼，又开始看报纸。这时，我越发觉得在哪里见过他。

餐厅里面，只有我们两人。

---

① 木下杢太郎，日本诗人，明治时代南蛮文学的创始人。——译者注

又过了一会,那怪异男子又感慨道:"啊,太无聊了。"这次,他将报纸扔在桌上,表情呆滞,看着我品酒。于是,我说道:

"要不陪我喝一杯吧,怎么样?"

"哦,谢谢。"他没说喝不喝,稍稍低下头,"唉,实在是太无聊了。这样的话,到达目的地之前,我会无聊死的。"

我表示认同。

"踏上佐依利亚的土地,还需要一个多星期。这船上我已经待腻了。"

"你是说佐依利亚吗?"

"是啊,佐依利亚共和国啊。"

"有佐依利亚这个国家吗?"

"太让我吃惊了。你居然不知道佐依利亚啊,真意外。我不知道你准备去哪里。但这艘船将停靠佐依利亚港口,这是一直以来的惯例。"

我顿觉困惑。仔细一想,我居然不知何故搭上这艘船。我甚至从未听说过佐依利亚这个国家。

"是吗?"

"当然啦。说起佐依利亚这个国家,自古以来便很有名。你知道吗？猛烈批判荷马①的学者也来自佐依利亚。直到现在，在佐依利亚首都，应该还有那人的宏伟颂德碑呢。"

方下巴男子其貌不扬，却如此博学，我很惊讶。

"这么说，这国家历史悠久呀。"

"是啊，可谓历史悠久。神话传说中，那里一开始只有青蛙居住，雅典娜女神将它们变成了人类。因此，有人说佐依利亚人的声音像青蛙，但这并不对。打败荷马的豪杰便是记载中最早的佐依利亚人。"

"那么，那国家现在文明程度也很高吗？"

"那当然了。特别是位于首都的佐依利亚大学，汇集该国的学者精英，不逊于世界上任何一所大学。最近，该校教授团队设计出一款价值测定器，震惊当代。这是我从佐依利亚出版的《佐依利亚日报》上看到的。"

"价值测定器是何物？"

"就是字面意思，测定物体价值的仪器。貌似本用来测定小说和绘画之类的物品价值。"

"什么价值？"

"主要是指艺术价值。其他价值当然也能测定。在

---

① 荷马，古希腊著名诗人。——译者注

佐依利亚，此事关乎祖先名誉，因此取名为佐依利亚测定仪。"

"你亲眼见过那玩意吗？"

"没有。我只在《佐依利亚日报》的插画中见过。看起来和普通计量器没什么两样。人们只要把书或画放在上面就可以了。画框和装订对测定结果有一定影响，但这些误差可以修正，所以没关系。"

"不管怎么样，这很方便。"

"非常方便，称得上文明利器。"方下巴男子从口袋里掏出朝日牌香烟，叼在嘴里说道，"这东西问世后，那些挂羊头卖狗肉的作家和画家只能收手。因为作品价值可通过数字清晰体现。佐依利亚人民很快将这仪器配备到海关，真是聪明啊。"

"那又是为何呢？"

"为了一件件测定外国进口书画的价值，没有价值的东西坚决不予进口。最近对日本、英国、德国、奥地利、法国、俄国、意大利、西班牙、美国、瑞典、挪威进口的作品全部进行了测定，日本作品似乎成绩不太好呢。但以我们的偏祖眼光来看，日本不乏优秀作家和画家啊。"

正当我们聊天之时，大厅的门开了，一个黑人男孩走了进来。他穿着蓝色夏装，看起来挺机灵。男孩默默不语，将腋下夹着的一叠报纸放在桌上。然后，立即退往门口，消失了。

接着，方下巴男子磕着朝日牌香烟的烟灰，拿起一张报纸。上面满是奇怪文字，犹如楔形文字一般，这就是所谓的《佐依利亚日报》。那男子居然看得懂，我再次惊讶于他的博学。

"和以往一样，都是佐依利亚测定器的相关新闻。"他边看边说，"这上面印着日本上个月发表的小说的价值哎，还附有测定技师写的摘要。"

"有没有我朋友久米①的信息？"

我心里挂念着朋友，问道。

"是久米吗？你说的是《银币》这本小说吧？有的哦。"

"是啊，价值如何？"

"价值不行。上面的评价是：此文的创作动机源于人生无趣。总格调老成，故意卖弄，降低了作品品位，显得低俗。"

我心中顿觉不快。

"太可惜了。"方下巴男子冷笑，"还提到了你的

---

① 久米，即久米正雄，日本小说家。曾与芥川龙之介有过合作。——译者注

小说《烟管》哦。"

"上面怎么写的？"

"大同小异，说除了常识以外什么都没有。"

"哦……"

"还写着：该小说作者很快就开始乱写一气……"

"哎呀哎呀。"

不快感消失了，我感到被戏弄了。

"喏，不仅是你，任何作家和画家只要被测定器测试，都会一筹莫展，因为伪造完全无用。不管你怎么夸赞自己的作品，都毫无用处，结果都在测定器上面。当然，同伴间的互相赞美也改变不了评价结果。因此，大家唯有呕心沥血，写出有价值的好作品来。"

"但是，如何衡量测定结果的正确性呢？"

"这个嘛，把著作放上面看一下就知道啦。比如，将莫泊桑的《女人的一生》放上去，指针马上指向最高。"

"只有这样吗？"

"是的，只能这样。"

我沉默了，总觉得方下巴男子的观点不合逻辑。这时，我又有了新疑问。

"那么，佐依利亚艺术家创作的作品也能放在测定器上测试吧？"

"在佐依利亚法律中，这种行为是被禁止的。"

"为何呢？"

"说起原因，其实就是佐依利亚人民不同意。没办法啊。因为自古以来，佐依利亚便是共和国，笃信'人民的声音就是神的声音'。"

方下巴男子露出一丝微妙的笑容，说道："有传闻说，把他们自己的作品放到测定器上，指针会指向最低值。如果这样的话，他们便会陷入二选一的纠结境地。究竟是否定测定器的正确性，还是否定自己的作品价值。不管选哪个，都并非高兴之事，但这也只是传说而已。"

就在这时，船剧烈摇晃起来。方下巴男子一下子从椅子上摔下来。桌子也接着倒了，酒瓶和酒杯翻倒在地，报纸纷纷掉落，窗外的水平线也已消失不见。盘子的破碎声，椅子的倒地声，还有波浪冲击船腹的撞击声——撞上了，撞上了！还是海底火山爆发了？

等我回过神来，发现自己正坐在书房摇椅上。我打着盹，读着约翰·耶威因[①]的剧本——《评论家》。我之所以认为是在船上，大概是因为摇椅在摇晃吧。

---

① 约翰·耶威因，英国剧作家、小说家。——译者注

方下巴男子似乎是久米，也似乎不是。直到现在，我依然搞不清。

芥川龙之介于 1916 年 11 月 23 日

运　气

　　工坊入口，竹帘垂挂，稀疏缝隙，可窥街景。此街通往清水[①]，行人络绎不绝。既有挂着铜鼓的僧人，亦有身

---

① 清水，京都地名。该地清水寺为京都最古老的寺庙，世界文化遗产。——译者注

着壶装①的女子。其后,黄牛拉着"网代车"②罕见地经过。这些皆为透过竹帘稀疏缝隙所见,左左右右,来来往往。春日午后,温暖阳光,烘烤大地,唯有狭窄街道的泥土颜色没有变化。

工坊之中,年轻武士无所事事,看街上人来人往。此时,他突然想到什么,对工坊主人——某陶匠说道:

"去拜观音菩萨的人依然很多呢。"

"是啊。"

陶匠正专注工作,敷衍应答。这老翁小眼,鼻子朝上,长相有趣,不论面相还是表情,完全不像坏人。他身着麻布单衣,头戴皱巴巴的软乌帽,犹似近来大火的鸟羽僧正③的画卷人物。

"我也想每天拜拜观音。如此碌碌无为,实在无法忍受。"

"开什么玩笑。"

"我没开玩笑。如果真能获得好运,我一定虔诚拜佛。无论是每日参拜,还是集中参拜,我都可以做到。换句

---

① 壶装,日本平安时代后,女性外出的装束。——译者注
② 网代车,平安、镰仓时代公家所用牛车。车厢外表由竹子或柏木薄板包裹。——译者注
③ 鸟羽僧正(1053—1140),一直被日本漫画界视为祖师爷。——译者注

话说,这就好比与神佛做生意。"

武士毕竟年少,说话声调很高。他舔舔下唇,东张西望,环视工坊。这间陋室背靠竹林,稻草屋顶,狭小无比,似乎鼻子都能碰壁。但门帘外的街道却生机勃勃,人来人往。这里的瓶瓶罐罐,都是暗红陶器。和煦春风吹过,一切寂静无声,仿佛百年以来就是如此。这屋子,连燕子都不愿在此筑巢……

老翁并未回答,于是年轻武士继续说道:

"到了您这个岁数,一定经历过很多吧。您觉得,观音真的能带给人好运吗?"

"会啊。我曾听说过一些事。"

"是什么事呢?"

"这些事一句两句话说不清楚。但你就是听了,也不会觉得有趣。"

"这么可怜啊,我好歹还想信佛呢。若能赐我好运,我明日就去拜佛。"

"你是真心想拜还是做生意而已?"

老翁笑了,眼角皱纹挤成一团。他手中捏着的泥土已变成壶形,所以心情也愉快了。

"我就是告诉你神意,你这个年龄也理解不了啊。"

"也许我确实不明白。可正是因为不懂才向您请教啊。"

"不，这并非神赐运与否之事。而是，赐予好运抑或厄运之事。"

"好运抑或厄运，到手即可知晓。"

"此乃你等之辈无法理解之事。"

"比起好运抑或厄运，您此番言论我更不明白。"

太阳开始西斜，街上的影子拉长了。拖着长长的影子、头顶木桶的两名卖货女子从门帘外走过。一人手持樱花枝，似乎是带到住处的礼物。

"如今，西市开麻纺店的女子也是这样。"

"所以，我刚才就说了，想听您讲讲这些故事。"

两人暂时沉默。武士用指甲拔着下巴上的胡子，百无聊赖地看着街道。方才的樱花似乎凋零了，如贝壳一般，泛着白光。

"您是不是不想说呀？"

武士不久后问道，声音带着困意。

"蒙你诚意，那我就讲一个吧。虽然是很久以前的老套故事。"

老翁说了这开场白，然后开始缓缓讲述。他的语气无比缓慢，只有不知日子长短的人才能有那样的语速。

"那是三四十年前的事了。那女子当时还是姑娘。她曾去清水寺拜观音祈愿,祈求一生平安喜乐。女子当时痛失母亲,艰难度日,如此祈愿,十分正常。

"姑娘去世的母亲原是白朱社的巫女,曾经很有人气。但后来有人传言,她会巫术,能使唤狐狸,便再无人找她。她身材高大,脸上有白色麻子,年轻水灵,看不出真实年龄。那副模样,别说狐狸,就连男人也完全……"

"她母亲的事就罢了,赶紧说说姑娘的事吧。"

"不,这只是开头。母亲死后,姑娘孤苦伶仃,手无缚鸡之力。无论她怎么拼命,依然清贫如洗。姑娘这般容貌,这般聪慧,闭关参拜之时,却如此褴褛,她自觉难为情。"

"哦?这姑娘如此出众?"

"是啊,不管是气质还是脸蛋,都无可挑剔,连我这般挑剔之人都说不出缺点。"

"活在那个时候真是太可惜了。"武士稍整褪色的蓝色衣袖,说道。老翁哼着鼻子一笑,接着缓缓讲述。身后的竹林之中,不时传来黄莺的叫声。

"三七佛事期间,姑娘每日拜佛。结愿之夜,她做了个梦。同在大殿拜佛的人中，有个驼背和尚。那和尚正叽里咕噜念经。也许是心理因素，困意袭来之时，姑娘耳边依然萦绕着那念经声。后来，又仿佛听到走廊地板下蚯蚓的声音。这声音渐渐变成人声'你回去的路上，会有男子与你说话。你要听从他的话'。

"姑娘猛然惊醒，那和尚依然在念经。她仔细听着，却听不懂他念的是什么。这时，她无意看向对面，昏暗的长明灯光下，可见观音像的面容，与白天参拜时一样，端庄神秘。不可思议的是，似乎又有人在她耳边说'要听那个男子的话'。于是，姑娘一心认为，那是观音的神谕。"

"这也太奇怪了。"

"夜深了，姑娘离开寺院，顺着平缓的下坡路，向五条街走去。果不其然，一个男子从身后抱住了她。温暖的早春，漆黑的夜晚，姑娘看不清男子的面容，更不知对方穿的是什么衣服。只是在挣扎之时，触碰到男子嘴边的胡须。结愿之夜，果然灵验。

"姑娘问男子的姓名和住址，他都不回答。男子只说'你照我的话去做'，接着沿着下坡路一直向北，连抱带拽掳走了她。姑娘又哭又喊，无奈深夜无人，无济于事。"

"哎呀，后来呢？"

"后来，姑娘最终被带到八坂寺的塔中。那晚就在那里度过了。这详情就不需要我这把年纪的老头讲了吧。"

老翁挤了挤眼角的皱纹，笑了笑。街上的影子更加长了。微风吹拂，樱花散落，纷飞至此。雨滴落下，石缝之中散落着白色的花瓣。

武士拔着下巴的胡须，突然想起来什么，问道："就这么结束了吗？"

"如果就这么结束的话，我就不会特意讲给你听了。"老翁一边摆弄着壶，一边说道，"天亮了，男子说：'不管怎样，这也是我们的前世姻缘，你就嫁给我吧。'"

"这样啊。"

"想到梦中的话，姑娘认为这是观音的神谕，最终同意了。于是，两人走了过场，喝了交杯酒。男子从塔中拿出十匹绫罗，十匹丝绸，给姑娘用。——这等行为，恐怕你做不到吧。"

武士笑了，并未回答。黄莺也不再鸣叫。

"不久，男子说黄昏会回来，便留下姑娘一人，急急忙忙出去了。姑娘越发觉得寂寞。再怎么聪颖，到了这个时候都会害怕。于是，姑娘无聊地踱步，不知不觉到了塔内的深处，结果你猜她发现了什么？绫罗丝绸自不必说，还有珠宝金沙，装在几个箱子里，并排放着，就连平日沉着淡定的姑娘也大吃一惊。

"拥有这么多财宝，毫无疑问此人不是劫匪便是窃贼。姑娘想到这里，之前的寂寞变成了慌张害怕。她觉得一刻都待不下去了。万一被抓，可就遭殃了。

"姑娘正准备返回塔口，寻找逃离出口之时，突然听到箱子后面传来嘶哑的声音。她原以为塔内无人，不由大惊失色。她定睛一看，一团又像人类又像海参的圆圆东西坐在金沙堆上。原来是一位六十岁左右的老尼姑，满面皱纹，弯腰驼背，身材矮小。不知道她是否察觉到姑娘想逃跑，伸出膝盖，用和外表不匹配的温柔声音和姑娘寒暄。

"姑娘觉得此时不能嚷嚷，不管怎样，不能让她发现自己想逃跑，否则就麻烦了。于是勉强应付，将手支在箱子之上，心不在焉地与她聊天。谈话中，她得知，这老尼姑曾是男子的烧饭仆人。但凡谈到男子生意之事，她都闭口不谈。老尼姑耳朵背，听不清，一句话要问好几遍，姑娘急得直想哭。

"她们就这么聊着，一晃到了中午。聊到清水寺的樱花开了,聊到民众筹款建了五条街的桥等话题。幸运的是,因为上了年纪,也可能是姑娘搭话心不在焉,老尼姑开始犯困。于是,姑娘一边盯着老尼姑,一边悄悄爬到塔的入口处,把门打开一点往外看,外面恰好一个人都没有。

"如若此刻便逃走,便不会发生后面的事了。谁知姑娘想起男子早上所赠的绫罗绸缎,便又回去取。一不小心,被金沙袋子绊得摔了一跤,手不小心碰到了老尼姑的膝盖。老尼姑突然惊醒,惊呆片刻,突然着急地拉住姑娘的脚,哭着断断续续念叨,大意是'万一姑娘逃跑了,自己就遭殃了'。但姑娘深知,这关乎自己性命,根本不听老尼姑的话。最后两个女人打起来了。

"殴打、踢打、扔金沙袋,动静极大,连在梁上筑窝的老鼠都要掉下来了。两人疯狂扭打,因为年老,老尼姑力气不支。不久,姑娘夹着绫罗丝绸,喘着粗气从塔口偷偷溜出去。老尼姑已经无法说话。后来听说,她死的时候,鼻中流血,头上便是金沙,仰面躺在昏暗的角落里。

"姑娘离开八坂寺,不敢去热闹之地,便去了五条京极附近的朋友家。这朋友也是个贫苦人,姑娘便送了他一匹绢。于是,朋友为她烧水煮粥。姑娘终于松了一口气。"

"我也终于放心了。"

武士从腰带中取出扇子,望着门帘外的夕阳,慢慢摇着。夕阳下,五六个人嬉闹着从帘外走过,长长的影子还留在地上……

"故事到此结束了吧?"

"还没呢。"老翁使劲摇头,"姑娘在朋友家里,突然发现门口的行人增多,还听到谩骂之声'快看快看'。姑娘本就内疚不安,此刻更是苦恼。既怕那窃贼报复,又怕巡捕追捕。她一边想着,一边忐忑不安地喝着粥。"

"是吗?"

"于是,她透过门缝向外看去。看热闹的男男女女中,五六名差役和一名狱官威严走过。人群中间,有个男子被绳子捆着,衣服被撕得四分五裂,头上也没有戴帽,被拽着走。好像是逮到了窃贼,现在去做记录。

"那窃贼正是昨晚五条坂所遇男子。姑娘看着看着,不知为何,泪水涌上眼眶。后来姑娘本人告诉我,并不是因为她爱上了那男子,只是看到他被绑着,突然自觉怜悯,不觉哭泣。我听到这故事,感慨万千。"

"感慨什么?"

"拜观音也要深思熟虑啊。"

"但是,那女子后来日子过得不错吧?"

"岂止不错,日子非常滋润。她卖了绫罗绸缎做本钱。这一点,观音倒是说话算数。"

"这样的话,就是吃点苦也没啥。"

户外日光渐淡,黄昏已至。隐约传来风吹竹林之声。街上行人也消失了。

"夺了人命,与窃贼成亲,这些本不在计划内,但都干了,实属无奈之举。"

武士将扇子插回腰带,站了起来。老翁也在水桶里洗手,手上满是泥巴。春日黄昏,万般情绪之中,两人皆觉意犹未尽。

"不管怎样,那女子还算幸福。"

"开玩笑吧?"

"没有啊,您也这么认为吧?"

"我吗?我可不要这种运气。"

"哦?我的话,毫不犹豫,肯定要啊。"

"那你就去拜观音吧。"

"好啊,明天开始我就去拜观音。"

芥川龙之介于 1916 年 12 月

尾形了斋备忘录

近段时间，本村之内，天主异徒散布邪教，蛊惑众生。现将吾之所见所闻，详细报于官府。虽平日疏于问候，此事敬请明鉴。

吾所述之人，乃本村已故农民与作之遗孀篠。今年三月七日，她来到吾家中，说她的女儿里（当时九岁）身患重病，祈求吾前去号脉，为其女治病。

篠乃农民惣兵卫之三女儿，十年前和与作方结婚，生下女儿里后不久，丈夫便与世长辞。此后，篠一直守寡，以织布或副业度日，勉强糊口。然而，不知为何，自夫过世，她一心皈依天主教，与邻村传教士——罗德里格斯[①]频繁来往。村里人均认为其沦为传教士之妾，一时间人云亦云，谴责纷纷。于是，父亲惣兵卫及其姐弟苦苦相劝，然无济于事。篠称天主无上荣光，坚持己见。她与女儿里将十字架视为神之象征，每日早晚朝拜，连丈夫与作之墓亦不踏足。如今，可谓众叛亲离。村里几度商讨，欲逐其出村。

篠寻吾治病，被拒后落泪而归。次日（八日）又至，她祈求道："求您治病，我一辈子记得您的恩德。"吾依然拒绝。于是，篠跪于门前，哭诉："医者仁心，治病乃是天职。小女身染重疾，您却视而不见，实难理解。"吾答曰："你所言极是，但事出有因。因你素日怪异，污蔑村民，诽谤我等为歪门邪道。你既信奉正道，又何故邀请我等邪道者为令嫒治病？你求素日信奉的天主医治吧。若欲请本人治病，你须放弃天主教。若不愿意，哪怕本人医者仁术，也怕神佛惩罚，恕不能前去治病。"

---

① 罗德里格斯，葡萄牙传教士，16世纪到日本传教。——译者注

吾一番言语让篠无力反驳，只得凄然离去。

次日——九日凌晨，瓢泼大雨，路上杳无人迹。卯时①时分，篠未打伞，如落汤鸡一般，冒大雨而来，恳求吾前去治病。吾曰："本人说话算数。令嫒之命与天主教，你只能二选一，这是关键。"篠闻言，扑通跪下，拼命磕头，合掌而拜，曰："您所言极是，但天主教规曰'若我改皈依佛教，那么灵和肉将永远毁灭'。拳拳爱女心，请您体谅、宽恕我。"她态度诚恳，声音哽咽。其虽为邪教异徒，但一片母爱与世人无异，吾不免同情。但吾又岂能陷于私情，有失公道？不管她如何哀求，只要不改教，吾坚决不去治病。篠沉默不语，抬头望着，突然泪如雨下，跪倒脚下，低声哀求。雨声嘈杂，篠的声音如蚊子一般，吾听不清，几度确认，终搞明白。篠说："既如此，那我就改教。"吾问曰："何以证明？"篠说："以此为证。"于是，她站起来，从怀中掏出十字架，置于门口板上，连踩三下。她泪水已干，外表平静，看似并不痛苦，然盯着脚下十字架的眼神却如发热病人一般，我等皆觉害怕。

吾既已如愿，便让随从拿上药箱，与篠一起，冒雨

---

① 卯时，旧式计时法，早晨五点到七点。——译者注

前往她家。她家极其狭小,里独自向南而卧,高烧不退,意识模糊,可双手还在空中不停画着十字,嘴里喊着"哈利路亚",边念边笑。"哈利路亚"是天主教徒赞美天主之词。篠在小女枕边边哭边安慰。吾即刻诊断,判断此乃伤寒,奈何已病入膏肓,为时已晚,无可救药,恐怕活不过今日。吾无奈,将实情告知篠。篠又疯狂哀求:"我一心想救小女,所以改教。若小女将赴黄泉,那我改教毫无意义。恳求您理解我背叛天主的痛苦之情,救救我女儿。"篠朝着吾与随从一个劲磕头。然里已病入膏肓,无力回天。吾只得尽力相劝,莫入迷途,并留下三服药。此时雨停,吾正欲离开,被篠拉住衣袖,极力挽留。她仿佛想说什么,只见嘴唇在动,却无声,突然脸色煞白,晕倒在地。吾大吃一惊,与随从赶紧施救。不久,篠悠悠醒来,却无力站立,只是悲泣:"因我浅薄自私,既不能救我女儿,也放弃了天主。"吾极力劝慰,却无济于事,且里确已无药可治,便与随从一起,匆匆告别回家。

当日未时[①]之后,名主塚越弥左卫门之母前来诊脉并称,从弥左卫门处听说,篠之女已殁,篠悲痛过度,业

---
① 未时,旧式计时法,下午一点到三点。——译者注

已疯癫。据说，吾离开两小时后，巳时①上刻，篠即心智错乱，怀抱女儿尸体，高声念着洋经。弥左卫门亲眼所见，村里的嘉右卫门、藤吾、治兵卫等也看到，此事千真万确。

次日——十日早上，蒙蒙细雨。辰时②下刻，春雷滚滚，偶现晴空。此时，村乡士梁濑金十郎派马，欲接吾前去治病。吾即刻上马离家。经过篠家门口时，见众民伫立并大声怒斥"妖魔传教士""鬼怪天主教"。马无法前行，从马上望去，只见篠家门敞开，屋里有一名西洋人、三名日本人，皆身着黑袍，如法衣一般。每人均手持十字架或类似香炉之物，齐诵"哈利路亚""哈利路亚"。而篠头发凌乱，抱着女儿，蹲在右边的传教士脚边，貌似仍神志不清。令吾震惊的是，其女里正双手抱着母亲篠的脖子，天真唱诵"哈利路亚"和母亲的名字。因她们与我相距甚远，吾未能完全看清，但见其女面色红润，精神焕发，她松开抱着母亲脖子的手，仿佛要伸手去抓香炉上升起的烟。吾马上下马，向村里人详细打听里起死回生的详情。原来是那个传教士罗德里格斯，今早携信徒来篠家，听了篠的忏悔，便祈求天主原谅，信徒们

---

① 巳时，旧式计时法，上午九点至十一点。——译者注
② 辰时，旧式计时法，上午七点到九点。——译者注

有的焚香，有的洒圣水。于是，篠逐渐镇静下来，不久里也醒来了。大家对此都很害怕。古往今来，死而复生者不少，但大部分是酒精中毒或感染瘴气，从未听闻伤寒死去还能复活者。由此看来，天主教确为邪教，且传教士来本村之时，恰逢春雷滚滚，必遭天谴。

另外，篠与其女里当日追随传教士搬至邻村。她的住处由慈元寺住持日宽派人烧毁。名主塚越弥左卫门应已禀告此事。吾也将来龙去脉细细禀报，如有遗漏之处，容后续书面呈上。

以上是吾之备忘录。

       伊予国宇和郡一村
       医师 尾形了斋
     申年三月二十六日

芥川龙之介于1916年12月

道 祖 问 答

　　天王寺的别当①——道命②阿阇梨③独自轻轻起床，缓缓膝行至经桌前。灯光下，他翻开了桌上的《法华经》第八卷。

---
① 别当，日本佛寺内职位名称，统管寺院事务。——译者注
② 道命（974—1020），平安时代中期歌人、僧人。父亲为藤原道纲，下文简称为"阿阇梨"。——译者注
③ 阿阇梨，佛家语，指僧人。——译者注

矮小的油灯燃着火苗，形如丁香花，照亮了镶有螺钿①的经桌。屏风那头，和泉式部②正在熟睡，耳畔似乎听得到她的呼吸声。夜深人静，春夜的曹司③悄无声息，甚至听不见老鼠的叫声。

白锦镶边的圆形蒲团之上，阿阇梨端坐，为了不吵醒和泉式部，开始轻声诵念《法华经》。

这是阿阇梨的平日习惯。他身为傅大纳言藤原道纲④之子，亦为天台座主慈惠大僧正⑤之弟子，却不修三业，不守五戒，甚至过着纨绔的生活，风流天下，奢靡颓废。让人不可思议的是，那样的颓废生活中，阿阇梨必定独自诵念《法华经》，但他似乎并不觉得这两者间有什么矛盾之处。

今日拜访和泉式部，阿阇梨自然并非以修验者⑥的身

---

① 螺钿，指用螺壳和海贝磨制成人物、花鸟等薄片，镶嵌在器物表面的装饰工艺。——译者注
② 和泉式部（987—1048），日本平安时期的女诗人。多才而又多情，一生有过多段恋情及婚姻，著有多部诗集。——译者注
③ 宫中或官府内设置的女官或官吏的房间。——译者注
④ 藤原道纲，别名傅大纳言，平安时代中期歌人，官位大纳言，参议政事。——译者注
⑤ 大僧正，日本古代僧纲中最高等级。慈惠法师，日本天台宗第十八代座主。——译者注
⑥ 修验者，加持祈祷的修行者，用秘法驱散恶魔，治病消灾。——译者注

份，而是作为这位美女的众多情人之一，偷偷幽会，共度春宵。第一声鸡鸣尚未响起，他便悄悄起身，用带着酒气的嘴开始念经"一切众生皆成佛道"。

阿阇梨理了理衣领，专心念经。

这一念也不知过了多久。他发现矮灯台的火苗不知何时渐渐变暗。火苗顶部变蓝，越来越暗。丁香花形的灯芯周围出现黑色灰烬，火苗越发细了，最后如同细线一般。阿阇梨小心地挑了两三次灯芯，却无济于事，室内依然昏暗。

非但如此，他突然发现，随着灯光变暗，灯台那头有一处特别黑，而且那黑影渐变成人影。阿阇梨不禁停止念经：

"来者何人？"

黑影含糊不清地回答：

"今日打扰，恳请勿怪。老夫现居五条西洞院一带。"

阿阇梨身子稍稍后退，目不转睛地盯着那团黑影。只见那老者身着白色"水干"①，合拢衣袖，若有所思地坐于经桌对面。阿阇梨看不清他的具体模样，但见他头

---

① 水干，日本古朝臣礼服，猎衣的一种。随着时代推移，逐渐成为日常服饰。——译者注

戴黑帽，帽上垂着长带，看起来并不像狐狸所变，特别是他手持一把黄纸扇，昏暗灯光之下，显出几分高雅。

"敢问贵人来自何方？"

"哦，吾自称老夫，反而让人迷糊。吾乃五条之道祖神[①]也。"

"道祖神因何到来？"

"恭听高僧念经，心中欢喜万分，特来致谢，聊表心意而已。"

阿阇梨满腹疑惑，皱眉说道："吾常诵《法华经》，不仅今晚。"

"正是如此。"道祖神停顿了一下，黄发脑袋侧歪了一下，依旧轻声说道，"高僧身心清净，尽心读经，上至梵天帝释[②]，下至恒河沙之诸佛菩萨，悉能听闻。老夫身份低贱，无法前来聆听。而今夜——"说到这里，语气转为讽刺，"今夜高僧未曾净身，并近女色。以此身诵经，诸神皆嫌不净，故未到此显灵。因此，老夫方能安心前来，顺便送上听经之谢意。"

---

① 日本道路之神，在山坡、路口、桥头等地防御外部恶灵，保佑平安。——译者注
② 帝释，亦称"帝释天"，佛教护法神之一。——译者注

"一派胡言！"阿阇梨极为恼怒，高声叱喝。

道祖神依然不为所动，继续说道："惠心高僧曾告诫，'切勿违反念佛读经四威仪①'，老夫认为，因果皆有报，体现在地狱之恶道上。以后……"

"闭嘴！"

阿阇梨手抚腕上的水晶念珠，恶狠狠地瞪了那老者一眼：

"吾虽不肖，却遍览世间经文，遍修清规戒律，牢记德行品行。道祖神认为吾乃不明道理之蠢物？"

道祖神并未回答，他蹲在矮小灯台的阴影中，一动不动，脑袋低垂，似乎完全忽视阿阇梨方才所言。

"你可听好。'生死即涅槃，烦恼即菩提'，均为'静观自身佛性'之意。吾之肉身等同于三身一体②之本觉如来；烦恼道、业道、苦道相当于法身般若解脱三德③，婆娑世界等同于常寂光土④。吾乃无戒之比丘，已悟透一心

---

① 四威仪，佛教用语。原指人类行、住、坐、卧。佛教要求僧众避免放纵，注意举止，故以四威仪代表修行者应遵行的各种规范。——译者注
② 佛教术语，指皈依自己色身内，法身、报身、化身三身一体。——译者注
③ 法身般若解脱三德，指法身、般若、解脱。——译者注
④ 常寂光土，指诸佛如来法身所居净土。——译者注

三观、三谛圆融①。故而在吾看来,和泉式部即麻耶夫人②,男欢女爱亦为万善功德。久远本地之诸法、无作法神之诸佛③皆于此住处显灵。如此说来,吾之住所乃净土佛国,非尔等持戒小辈可踏足之地也。"

阿阇梨说完,一脸严肃,挥动水晶念珠,高声呵斥:

"孽障,速速走开!"

道祖神打开黄纸扇,看似掩面。眼看那人影逐渐模糊,与已如萤火虫般微弱的灯火一起,消失殆尽。此时,远处依稀传来第一声鸡鸣,声音虽弱却满含生机。

"春日之曙光最为珍贵,东方逐渐发白,透出光亮。"这样的时刻终于来临。

芥川龙之介于1916年12月13日

---

① 一心三观,指空观、假观、中道观可于一心中获得;三谛圆融,指真谛、俗谛、中道谛三者合一,说明诸法无碍,事理圆融。——译者注
② 麻耶夫人,佛教创始人释迦牟尼之生母。——译者注
③ 《法华经》中佛教用语,即佛存在于万事万物中,以各种形态于世间显灵。——译者注

偷　　盗

"老太，猪熊①老太。"

朱雀大街②与绫小路③的十字路口，一位二十岁左右

---

① 猪熊，日本京都地名。——译者注
② 朱雀大街，日本京都的南北中轴线大街。——译者注
③ 绫小路，日本京都的街道，充满古典风情。——译者注

的年轻武士举起细骨扇子，喊住路过的老婆子。这武士面相丑陋，只有一只眼，身穿深蓝色朴素水干，戴着软乌帽。

七月盛夏，正午时分。空中布满彩霞，笼罩家家户户，让人闷热窒息。男子驻足的十字路口有一棵瘦长的柳树。那树仿佛也染上了最近的疫病，枝叶稀疏，地上唯有它骨瘦如柴的影子。此刻的十字路口，竟没有一丝吹动枯叶的微风。烈日炙烤街道，炎热无比，不见人影。只有牛车驶过，留下两条弯弯扭扭的长长车痕。一条被车压死的小蛇伤口发青，开始还扭动着尾巴，一会儿翻着丰腴的白肚皮，不再动弹。炎热街头，若说还有一点湿润，便是小蛇伤口流出来的腥臭腐血。

"老太。"

老婆子慌忙转过头来。此人约六十岁，圆眼大嘴，脸如蛤蟆，一身肮脏的暗红麻布单衣，披散着发黄的头发，脚上一双半截草鞋，拄着蛙腿形长拐杖，看着甚是卑微。

"哦，是太郎啊。"

老婆子声音干涩，像被强光刺激了一样。说着，她拖着拐杖后退两三步，开口前先舔了一下上嘴唇。

"你有什么事吗？

"不，没啥事。"

独眼武士的麻子脸上勉强挤出一丝微笑，不自然地轻快说道："我就想问问，沙金这段时间在哪儿呢？"

"你问的事总与我女儿有关。真是鸡窝里飞出了金凤凰啊。"

猪熊老太厌恶地嘲讽他，努嘴一笑。

"其实没啥大事，今晚的具体安排我还没问呢。"

"计划能有什么变化啊？亥时上刻[①]在罗生门集合。一切按照老规矩来。"

老婆子说完，奸诈的眼睛环视四周，见左右无人，便安心地舔舔厚嘴唇，说道："那家的情况，听说我女儿已经大差不差地打探出来了。貌似没什么厉害的侍卫，她今晚应该会告诉你。"

名叫太郎的男子为了遮阳，用黄纸扇遮住脸，听闻此言嘲讽地撇了下嘴："如此说来，沙金不知又和哪个武士处得热火朝天了。"

"瞎说什么啊，她是假扮成商贩还是什么角色去刺探情报的。"

"不管打扮成什么，那女人不靠谱。"

[①] 亥时上刻，古时计时方式，上午十点半左右。——译者注

"你这人啊,疑心还是那么重。难怪我女儿讨厌你。吃醋也要适可而止啊。"

老婆子冷笑,举起拐杖,戳了戳路边的小蛇尸体。尸体上的绿头苍蝇哗啦啦飞起,又马上飞回原处。

"这事如果不办好,就会让次郎获利呐。他获利也好,不过那就闹大了。连我家老爷子时不时还会恼怒,你更是如此了吧。"

"这我知道。"武士皱眉,一脸愤恨,往柳树根吐了口唾沫。

"其实你没搞明白。就说现在,你一副满不在乎的样子,可发现我女儿和老爷子关系的时候,你不是暴跳如雷吗?老爷子如果强横一些,肯定会与你动刀动枪。"

"这都是一年前的事了。"

"不管是几年前的事,事情是同一件。不是说做过一次,就会做三次吗?若是只做三次,还算是好的。我这把年纪的人,这等傻事都不知道做过多少次了。"

老太婆说着,露出稀疏的牙齿,笑了。

太郎黝黑的脸上浮现焦躁之色,转换话题说道:"不开玩笑了。话说今晚的对手好歹是藤判官[①],万事俱备

[①] 判官,日本古代官职。藤,姓氏——藤原的简称。——译者注

了没？"

这时，一朵云挡住了太阳，四周突然暗下来。只有死蛇那白肚皮格外刺眼。

"称什么藤判官，不过是手下有四五个青侍①罢了。我可是老行家了。"

"哼，老太，你气势不凡啊。我们这边有多少人？"

"和以往一样，男人二十三个，还有我和女儿。阿浓身子不便，让她在朱雀门等着吧。"

"说起来，阿浓快生了吧。"

太郎又嘲讽地撇了下嘴。就在这时，刚才的云朵消散，街上突然恢复了明亮，让人睁不开眼。猪熊老太直起腰来，发出了一阵乌鸦般的笑声。

"那个傻子，也不知道被谁吃了豆腐。话说阿浓念念不忘次郎，会不会就是那家伙干的呢？"

"别瞎讨论了，反正她身子不便。"

"其实另有办法，但她不肯，没办法。结果害我一个人东奔西跑，通知大家。真木岛的十郎、关山的平六、高市的多襄丸这三家还没去呢。哎呀，光和你聊天，这

---

① 青侍，低身份武士，穿青色衣服。——译者注

都快未时①了。我的话你也听腻了吧。"蛙腿形拐杖随着她说话动来动去。

"那沙金呢?"

这时,太郎的嘴不经意地抽动了一下,老婆子似乎并未察觉。

"今天大概在家午睡吧。到昨天为止,她一直不在家呢。"

独眼武士——太郎盯着老太婆,然后平静地说:"好吧,晚上天黑了去见她。"

"去吧,去之前你也好好睡个午觉呗。"

猪熊老太伶俐地回答,拄着拐杖离开。穿着麻布单衣的她如同猴子一般,半截草鞋扬起灰尘,冒着烈日顺着绫小路往东走去。武士目送着她,额上满是汗水,阴沉着脸,又往柳树根吐了口唾沫,然后慢慢向后转身。

两人分别后,死蛇上的绿头苍蝇在炎日下"嗡嗡嗡"轻轻作响,飞飞停停……

---

① 未时,古时计时方式,下午一点至三点。——译者注

二

猪熊老太披散着黄发,汗水渗透了发根。她顾不上拍去脚上的夏日尘土,拄着拐杖往前走。

这是一条她无比熟悉的道路,与自己年轻时相比,到处都是翻天覆地的巨大变化。想起自己还是"台盘所"[①]婢女时,没想到被身份悬殊的男子挑逗勾引,最后生下沙金。如今的京城徒有虚名,彼时的遗迹已完全消失。曾经的街道上,牛车来来往往,如今徒有蓟花盛开,寂寞地沐浴着阳光。歪斜的板墙里,无花果结出了青果,乌鸦群不畏人来,白天依然聚集在干枯的池塘里。不知不觉,自己已白发苍苍,满脸皱纹,成为驼背的老人。京城亦非昔日京城,自己也非昔日的自己。

不仅外表变了,人心也变了。她依然记得,第一次发现女儿和自己现任丈夫之间的不正当关系时,她又哭又闹的场景,后来却习以为常。她觉得,偷盗、杀人,只要习惯了,便和家业一样,就像京城大街小巷里丛生的杂草,自己的内心早已麻木,不知痛苦为何物。但从

---

① 台盘所,宫中或贵族府邸的御膳部。——译者注

另一方面来看，一切似乎变了，又似乎没变。女儿现在所做之事和自己曾经所做之事竟如此相似。太郎、次郎所做之事和自己现在的丈夫年轻时所做之事也差不多。如此说来，人们总是重复着同样的事情。京城依然是曾经的京城，自己仍然是曾经的自己。

这种想法漠然地爬上猪熊老太的心头。受此影响，她的圆眼变得温和，蛤蟆脸上的肌肉也松弛下来。这时，她满是皱纹的脸上绽放笑容，拄着拐杖更急切地往前赶路。

她也应该走快些。前面数丈处，道路与狗尾草原野（也许曾是某家庭院）之间，有一堵正要塌下的瓦顶板心泥墙。泥墙里面，两三棵合欢树上的花开始凋落，在烈日炙烤的深绿色瓦片上蔫蔫地垂着花朵。树下有一间奇怪的小屋，四周支着枯竹，挂着旧草席为墙。地点也好，外观也罢，看起来都像乞丐居所。

特别吸引老婆子注意力的是，屋前站着一位十七八岁的年轻武士，身穿枯黄色水干，腰间横挂黑鞘长刀，双手交叉胸前，不知因何望着屋里，貌似发生了什么。充满孩子气的纯真眉宇，消瘦的脸庞，让老婆子一眼便认出了他。

"你在干什么，次郎？"

猪熊老太走到他身旁，停下拐杖，抬起下巴喊他。

次郎惊讶地回头。看到白发苍苍、蛤蟆脸庞、舔着厚嘴唇的老婆子，便露出洁白的牙齿微笑，默默地指向屋里。

小屋地上铺着一张破旧榻榻米，上面躺着一个四十岁左右的小个子女子。她枕着石头，只有腰上盖着一件麻布汗衫，几乎全身赤裸。仔细一看，她的胸腹部黄肿发亮，好像用手指一按就会流出带血的脓水。草席缝隙透进些许阳光，可以看到她腋下和脖子处有烂杏样的黑斑，仿佛正在散发着难以形容的恶臭。

枕头旁边，有一个缺口陶罐（底部还沾着米粒，里面可能原本装着粥）。不知是谁的恶作剧，罐里放着五六块沾满泥巴的石头，正中央插着一枝合欢花，花叶已完全枯萎，估计是想模仿高座漆盘上装饰彩纸的那种情调吧。

猪熊老太一向大胆，连她见了都不禁皱眉后退。刹那间，她想起了刚才那条死蛇。

"这是怎么回事？是传染病吧？"

"是啊，估计是看她不行了，附近的哪户人家把她扔到这儿了。这副样子放哪儿都棘手啊。"次郎又露出白牙笑道。

"那你为什么在这看着呢？"

"我刚经过这里，看到两三只野狗在觅食。狗想吃她，被我用石头打跑了。我要不来，这会儿一个胳膊已经被吃了。"

老婆子用拐杖支着下巴，再一次仔细端详女人的身体。破旧的榻榻米上，道路上飞舞的黄沙中，女人斜伸着两只胳膊，水肿的土黄色皮肤上有三四个尖锐的牙印，还留着紫色。刚才野狗想吃的大概就是这只胳膊。女人紧闭双眼，不知道还有没有呼吸。老婆子再次感到，恶心的感觉扑面而来。

"她到底是死是活？"

"不知道啊。"

"反正已经死了，就是被狗吃了又有何妨，反而来得痛快。"

老婆子说着，用拐杖远远戳了下女人的头。那头离开枕头，一下子摔在榻榻米上，头发拖在沙土中。但女人依然闭眼，脸上肌肉丝毫未动。

"不能这么做。刚才狗要吃她时，她也是这样一动不动的。"

"那不就说明她已经死了吗？"

次郎第三次露出白牙，笑了。

"就是死了，被狗吃掉，也太可怜了。"

"有什么可怜的。死了被狗吃，又不会觉得痛。"

老婆子拄着拐杖踮起脚，瞪圆眼睛，嘲讽地说道："就算没死，这半死不活的样子，还不如让狗一口咬断喉咙痛快呢，这副模样，也活不久了。"

"可是，我不能袖手旁观，眼看着人被狗吃掉。"

猪熊老太舔了舔上唇，一副目空一切的模样。

"说得好听，你们不是互相看着杀人吗？"

"这么说，倒也是。"

次郎抓了下鬓角，第四次露出白牙微笑。然后温和地看着老婆子的脸，问道："大妈，你去哪里呀？"

"我去找真木岛的十郎，还有高市的多襄丸。对了，关山的平六那边就你去说吧。"

她边说边拄着拐杖走了两三步。

"好，那边我去吧。"

次郎顾不上小屋里的病人，在烈日炎炎的街道上与老婆子并肩走着。

"看到那人，让我恶心。"老婆子夸张地皱眉说道，"嗯，平六家你知道怎么走吧？立本寺大门往左拐，便是藤判官府。再往前走个一百多米就到了。你顺便在府邸那儿转一转，查看一下地形，为今晚行动做准备。"

"我今天过来，本来就是为了这个。"

"是吗？你是个聪明人。你哥哥的面相太显眼，所以不能派他看地形。你去的话，我就放心了。"

"大妈，你又说我哥了，真是受不了。"

"什么啊，我提得最多的就是他了。要是我家老爷子来的话，还会说那些不好对你说的话。"

"是因为那件事吗？"

"就算是，也没说你坏话呀。"

"如此说来，大概把我当成孩子了吧。"

两人一边闲聊，一边顺着狭窄的街道慢慢走着，京城的衰败景象展现在眼前。家与家之间杂草丛生，暑气闷热，随处都是破旧的瓦顶板心泥墙，只有松树和柳树还保留着曾经的模样。空气中飘着死人的腐臭味，让人不由觉得这城市行将毁灭。途中只遇到一人，还是个手上套着木屐，在地上爬行的乞丐。

"但是，次郎你也得注意了。"

猪熊老太突然想起太郎，苦笑着说："因为你哥哥太郎也爱上了我女儿。"

但她没料到，这事会给次郎这么大的打击。他清秀的眉宇间突然蒙上了阴云，不快地眉眼低垂。

"我也得注意一些。"

"就是注意又能怎样？"

次郎的情绪变化这么大，老婆子很惊讶。她舔舔嘴唇，低声嘟囔："还是得注意咯。"

"可是，哥哥有自己的想法，我什么都改变不了。"

"这么说太直率了。其实我昨天见了我女儿。她不是今天未时下刻要在寺门前和你见面吗？你哥有近半个月没看到她了。他要是知道这事，肯定又要和你大闹一场。"

为了堵住老婆子滔滔不绝的嘴，次郎沉默不语，只是焦躁地数次点头。但猪熊老太并非轻易住嘴之辈："刚才我在那边的十字路口碰到太郎，我和他说得很明白。如果这样的话，我们自己人之间不是要动刀子吗？我担心万一真这样，伤了我女儿怎么办？我女儿那般脾气，太郎也是一根筋，所以我想拜托你。你心地善良，看到死人被狗吃都心中不忍。"

老婆子说着，故意沙哑着嗓子笑起来，仿佛为了压抑住心底的不安。次郎依然脸色阴沉，思考着什么，低眉走着……

"最好不要出大事。"

老婆子加快脚步，心底虔诚地祈祷。

就在这时，街上三四个孩童用树枝挑着死蛇，路过有病人的那间小屋。有个孩子恶作剧，弯腰把那死蛇扔到了女人脸上。死蛇青色的肥肚正好掉在女人脸上，满是腐败臭水的尾巴垂在她下巴上。孩子们开心地呼喊，又立刻散去。

女人一动不动，一直像个死人一样，此刻却睁开了泛黄松弛的眼皮，眼球如同烂鸡蛋清一样，呆滞地望着天空，沾满尘土的手指轻轻颤动，干裂的嘴唇里发出微弱的声音，不知是叹息还是呼吸。

三

与猪熊老太分别后，太郎冒着烈日，时不时摇着扇子，沿着朱雀大路信步往北走。

正午街道，人迹稀少。一个头戴斜纹绫蔺笠遮阳的武士悠然走过。他骑在镶有平纹马鞍的栗色马背上，身后跟着背着盔甲箱的随从。燕子闪着白肚皮不时掠过大路，扬起阵阵沙土。木板屋顶、柏树皮屋顶上空,云朵聚集不动,烈日淫威肆虐,仿佛能熔化金银铜铁一般。两侧的住宅静寂无声,仿佛木窗、草帘后面的人们都已经死了。

(正如猪熊大妈所言,次郎抢走沙金,威胁迫在眉睫。那女人委身于自己的养父,不喜欢麻子脸、独眼龙、长相丑陋的自己,而喜欢脸庞虽被晒黑却五官端正的年轻弟弟,这没什么想不通的。我一直坚信,次郎从小就崇拜自己,知道自己的心思,即使沙金主动勾引他,他也会将其拒之门外。现在看来,这只是自己高估弟弟的一厢情愿而已。自己的错误是,与其说把弟弟看得过高,不如说小看了沙金的妖媚功力。不仅是一个次郎,那女人一个眼神,拜倒在她石榴裙下的男人比天上的燕子还多。自己也是如此,只见了她一面,就沦陷了……)

这时,一辆女式牛车静静地经过太郎面前,在四条坊门的十字路口向南而去,车厢上装饰有红绳。虽看不见车中之人,但由上到下渐变红的生绢车帷,在荒凉的街道上十分显眼。跟着牛车的牛童和随从用奇怪的眼神瞥了一眼太郎,只有牛低着犄角,漆黑的脊背上下耸动,慢慢前行。太郎正沉浸在无绪的思索中,印象中只有烈日下那闪亮的金属车具。

他暂时停下，让车先过，然后又望着地面，继续默默前行。

太郎想起自己在右京监狱①当差时的场景，恍如隔世。昔日自己与今日的自己，判若两人。那时自己谨记佛教三宝，谨遵官府王法。现如今竟干下这等偷盗放火之事。杀人也早已不是两三次。啊，我过去总和差役兄弟们一起赌博，尽情行乐。现在看来，那时候的自己是多么幸福啊。

回忆起来，那已经是一年前的事了，却仍历历在目。——那女人因为偷盗被送进监狱。一个偶然的机会，我和她隔着牢房铁格聊了起来，后来越聊越多，甚至告诉对方自己的私事。最后，当猪熊大妈和强盗同伙救她出去之时，我甚至视而不见，让他们走了。

那晚开始，我频繁出入猪熊大妈家。我快到的时候，沙金就拉上一半窗户，望着暮色的街道。一看到我，她就发出老鼠的叫声作为暗号，让我进屋。家中只有女佣阿浓，没有其他人。然后立刻拉上窗户，点上灯台。榻榻米房间里，摆满木制方盘和高脚漆盘。只有我们两人

---

① 右京监狱，平安时代的平安京（现京都）以朱雀大街为中轴线，右边为"左京"，称为洛阳；左边为"右京"，称为长安。此处指右京监狱。——译者注

对酒，最后又哭又笑，又吵闹又和好。说起来，我们那时如同世间恋人一样，一直玩闹到天亮。

天黑而来，天亮而归。这样的日子持续了一个月。我了解到，沙金虽然是猪熊老太的亲生女儿，但她现在的父亲是养父。沙金还是二十多人强盗团伙的老大，经常扰乱京城秩序。她平时还出卖姿色，过着妓女一样的生活。但这些反而让这女人如同小说人物一样，笼罩着不可思议的光芒，毫无下贱的感觉。她一直想拉我入伙，但我一直没答应。于是，她骂我胆小，瞧不起我。我经常为此生气……

"驾驾驾"，传来了驾马之声。太郎连忙让路。

一辆马车左右各装着两袋大米，在三条坊门的十字路口拐了个弯，顺着道路往南而来。车夫穿着一件汗衫，顶着烈日，顾不上擦汗。马影鲜明地映在炙热的地面上，一只燕子挥动光亮的羽毛，斜飞上天，又像石头一样俯冲下来，掠过太郎的鼻尖，飞进对面的木板屋檐。

太郎一边走着，一边啪嗒啪嗒地扇着黄纸扇。

（这样的日子断断续续继续着。我无意中发现沙金和她养父的不正常关系。放任沙金自由的男人不止我一个。沙金曾多次自豪地提起和她有染的公卿、法师的名字。

但我觉得,这女人虽与很多男人有染,心里却只有我一人。是啊,女人的清白不在于身体。——我相信这一点,并抑制住自己的嫉妒。当然这可能是沙金无形间灌输给我的思想,但不管怎样能减少我的内心痛苦。但她与养父的关系又是另一回事。

当我发现这事的时候,当然极度不爽。父女俩做下这等无耻之事,杀了他们也不足惜。还有那个熟视无睹的亲生母亲——猪熊老太也是畜生不如,无耻至极。每次看到那个醉醺醺的臭老头,我都记不清多少次把手放在了刀柄上。沙金每次都在我面前讥讽养父,就是这般拙劣手段却立马让我心软。听到她说最讨厌养父,我就是再恨那老头,也无法恨沙金。因此,我和那老头虽然相互仇视,至今却相安无事。但凡那老头勇敢一些,不,如果我自己勇敢一点,恐怕我和他之间,已经有一个人死了⋯⋯)

太郎抬头,发现自己不知不觉间已拐过二条街,来到耳敏河的小桥前。干枯的河床里,只有一条细细的水流在阳光下闪闪发光,犹如一把锐利的长刀。水流穿过连绵的柳树与房屋,发出微弱的潺潺水声。远远的河流下游,有两三个如鱼鹰一样的黑色东西,搅乱了水光,大概是孩子们在玩水吧。

太郎心中忽现幼时场景——他与弟弟在五条桥下一起钓鱼，记忆如同夏日微风扑面而来，悲伤又让人回味。但自己和弟弟已不再是曾经的兄弟。

太郎穿过桥，麻子脸上同时掠过一丝阴暗。

（那时，弟弟在筑后①的前司②做小舍人③。某日，突然有人通知我，说弟弟因偷盗被关进左京监狱了。我自己就在监狱当差，我比谁都清楚狱中的艰苦。弟弟身子骨又那么弱，我感同身受，担心不已。于是，我便和沙金商量，那女人却无所谓地轻松说道："劫狱不就行了？"旁边的猪熊老太也一个劲地怂恿我。我便心一横，和沙金一起召集了五六个盗贼。那天夜里，我们冲进监狱，顺利救出了弟弟。我胸口现在还有当时留下的伤痕。令我无法忘却的是，那是我第一次杀人，那差役尖锐的叫声，血腥的气味——直到现在，闷热的空气中，我似乎还能感受到那场景。

第二天开始，我便与弟弟藏在沙金家里。只要犯过

---
① 筑后，现为日本福冈县南部。——译者注
② 前司，前任国司，国司为官职，始于日本奈良时代，指地方行政组织的长官。——译者注
③ 小舍人，为朝臣做杂事的小差役。——译者注

一次罪，金盆洗手还是继续作恶，在捕快眼里都一个样。反正早晚都得死，那就尽量多活几日。我这么想着，便听从了沙金的话，和弟弟一起加入了强盗团体。从此以后，杀人放火，无所不作。当然，一开始我也心虚，但干了以后，觉得没啥大不了的。不知不觉间我开始认为，做恶事也许是人类的本性……）

太郎半无意识地在十字路口拐了个弯。十字路口有一座坟墓，四周用石块堆砌成一圈，上面并立着两块墓碑，在午后的烈日中炙烤着。底部有几只蜥蜴，漆黑的身体就像煤灰一样，让人恶心。它们被太郎的脚步声惊动，没等他靠近，就窸窸窣窣地立马散开。但太郎根本没心思看这些东西。

（我干的坏事越多，就越爱沙金。杀人偷盗都是为了那个女人。就连劫狱，一方面是为了救出弟弟，一方面是为了不让沙金讥讽自己，嘲笑自己不救唯一的弟弟。——想到这些越发觉得，无论如何我都不能失去这女人。

然而，自己的亲弟弟却要抢走沙金。我拼了命救出来的次郎，现在却要抢我的女人。我不知道，是正准备抢，还是已经抢走了。我从未怀疑过沙金的心。即使她勾引别的男人，也是为了办事需要，我默许她。后来，她与养父间发生了不正当关系，我也认为是那老头凭借父亲的权威，不知不觉间诱惑了她，我也视而不见，以求相安无事。然而，她和次郎的关系却是另外一回事。

我和弟弟看起来性格不同，实际却相似。七八年前，我和弟弟都得了天花，我的病情严重，他的病情轻，最后造成我们外表的迥异。次郎的面容没有变化，成为一个英俊男子。而我却因病失去了一只眼，成了后天残疾。如果说只有一只眼的我能一直抓住沙金的心，这难道是我的自负吗？肯定是因为我的灵魂力量。弟弟和我血脉相连，他也有同样的灵魂；而且，无论任何人来看，弟弟都比我英俊。沙金被这样的次郎吸引理所当然。我设身处地地想，次郎终究没有抵住这女人的勾引。不，我始终自卑于自己的丑陋面貌，所以与沙金交往的时候，我一直很克制自己。即使这样，我依然狂热地爱着沙金。那么，知道自己英俊的次郎又怎能对那女人的勾引无动于衷呢？

这么想来，次郎与沙金在一起也很正常。但正因为合理，才让我痛苦。亲弟弟要将我的沙金抢走，将来还会抢走沙金的所有。啊，我失去的不仅是沙金，还有亲弟弟。我会多出一个叫次郎的敌人。我对敌人绝不手软，敌人也不会对我手下留情。结局很明显，要么我杀死弟弟，要么弟弟杀死我……）

太郎闻到一股强烈的尸臭味，大吃一惊。但他心中的死亡却尚未腐臭。他一看，猪熊小路旁，竹板墙根下，堆着两具儿童尸体，赤身裸体，已经腐败。烈日照射之下，尸体皮肤已经变色，到处都是黑紫腐肉，上面驻着很多绿头苍蝇。其中，有个孩子脸朝地面，已有蚂蚁捷足先登。

太郎看着看着，想到自己的结局也是如此，不由紧紧咬着下唇……

（特别是最近，沙金一直躲着自己。偶尔见面，态度也不好，经常说一些不好听的话。我每次都很生气，我打过她，也踢过她。但这么做等同于自我折磨，这是自然。我二十年的光阴都在沙金眼里。所以，失去沙金，等于失去自我。

失去沙金，失去弟弟，最后失去自己。也许我失去一切的时刻已经到来了……）

这么想着，他已经到了猪熊大妈家。家门口挂着白色布帘。死尸的腐臭飘到了这里。门口还有一棵枇杷树，暗绿的树叶低垂，树影落在窗上，透出一股凉意。记不清有多少次自己从这棵树下走进屋里,那么从今往后呢?

太郎顿觉心累,沉浸在悲伤中,泪水涌上眼眶,悄悄靠近门口。这时,屋里传来女人尖锐的声音,还夹杂着猪熊老头的声音。如果这女人是沙金,那他决不能坐视不管。

他掀开门口的布帘,一脚迈入昏暗的屋内。

四

告别猪熊老太,次郎心情沉重。他一级一级地爬上立本寺的石阶,走到朱漆严重掉落的圆柱下面,疲惫地坐下。高屋瓦斜伸,挡住炎炎烈日,这里没有阳光。往后看去,一尊金刚菩萨在昏暗中脚踩青莲花,左手高举铁杵,胸口沾满了燕粪,寂寞地守护着这寂静的寺院。来到这里,次郎的心情终于平静下来,似乎才能好好思考。

阳光依旧强烈,照亮了眼前的路。燕子挥动着羽毛穿梭飞翔,闪烁着黑绸缎般的光芒。一个男子走过,此人撑着大遮阳伞,穿着白色水干,拿着青竹文板,里面夹着文书,一副很热的模样。瓦顶板心泥墙一直延伸到远处,却连狗的影子都没有。

次郎拿出插在腰间的扇子，手指一节一节地将黑柿木扇骨打开，后又合上，反复思考自己与哥哥的未来关系。

为何自己非要这么痛苦呢？唯一的哥哥视自己为敌人。每次见面，哪怕自己先开口，哥哥仍很冷淡，没法谈下去。鉴于自己与沙金的关系，他的这种态度也能理解。但自己每次与沙金见面时，总觉得对不起哥哥。和沙金见面后的寂寞之时，觉得哥哥太过可怜，他常在人后偷偷落泪。现在自己甚至想离开哥哥和沙金，去往东国[①]。这样的话，哥哥就不会憎恨自己，自己也会忘记沙金。本想间接地告个别，他便去见了哥哥，但哥哥还是冷淡万分；而且一见到沙金，自己好不容易下的决心又没了，自己为此都不知道有多自责。

哥哥却并不知道自己的痛苦，一心把自己当做情敌。他狠狠骂我也好，向我吐口水也罢，甚至可以杀了我。我只希望他明白，我多么憎恨自己的不义，又多么同情哥哥。只要哥哥能理解我，他如何杀我，我都无所谓。不，比起现在的内心煎熬，不如一死了之，反倒幸福。

自己爱沙金，也恨她。想到那女人水性杨花，心里

① 东国，现日本关东一带。——译者注

便恨得不行。她老是撒谎。她如此凶残地杀人，连哥哥和自己都难以下手，她却很平静。每当看着她的淫荡睡姿，我常想怎么就迷上了这么个女人。尤其看到她与陌生男子不要脸地淫乱时，我恨不得亲手杀了她。我对沙金恨到骨子里。但看到她的眼睛，又立刻被诱惑。这样的女人世间只有她一个，既有丑恶的灵魂，又有美丽的肉体。

哥哥应该并不知道我的憎恨。不，哥哥本来就不像我，他并不憎恨这女人的野兽心肠。比如，即使看到沙金和其他男子的不正当关系，哥哥和我的看法完全不同。不管沙金和哪个男人睡觉，哥哥总是沉默，认为她只是逢场作戏，大度默认，但我做不到。对我来说，玷污沙金的肉体就是玷污她的心灵，甚至比玷污心灵更为恶劣。我当然不允许她精神出轨、移情他人，但她的肉体出轨更让我痛苦。正因为如此，我嫉妒哥哥，既内疚又嫉妒。如此看来，哥哥与自己的恋爱观是完全不同的，而这种差异让我俩的关系越行越远……

次郎茫然看着道路，一心想着这些事。就在这时，他听到街道某处传来一阵尖锐的笑声，仿佛震动了耀眼的阳光。除了女人的尖嗓门，还有一个男人含糊的说话声以及无所顾忌的淫言秽语。次郎不禁将扇子插回腰间，站了起来。

他离开柱子,正准备下石阶时,看见一男一女沿着小路从他面前向南走去。

男子醉醺醺的,三十岁左右,戴着软乌帽,穿着桦樱色武士服,腰间挂着雕花长刀。女子头戴市女笠[①],穿着白底浅紫花纹罩衣。从声音和举止来看,这肯定是沙金。次郎走下石阶,咬着嘴唇,故意不看他们。这两人似乎完全没看到次郎。

"那你答应了,可别忘了哦。"

"没问题,我既然答应了,你就放一百个心好了。"

"我这都赌上自家性命了,我得再三叮嘱啊。"

男人张开略有红胡须的嘴巴大笑,仿佛都能看见喉咙。他用手指捏了一下沙金的脸庞,说道:"我也赌上了性命啊。"

"你就说得好听。"

两人从寺院门前走过,走到次郎和猪熊老太刚才分别的十字路口,停下脚步,旁若无人地调情,然后分开了。男人仍然几度回头,好像在挑逗什么,最后在十字路口往东拐去。女子笑着转身,顺着原路返回。次郎伫立在

---

① 市女笠,平安时代女性外出时,头上戴的馒头形斗笠。——译者注

石阶下,看着沙金的大黑眼,说不清是什么心情,不知是开心还是悲伤。沙金的脸蛋藏在罩衣里,如同孩童一般红润。

"看到刚才那家伙了没?"

沙金解开罩衣,露出满是汗水的脸,笑问。

"没看见。"

"那人是……嗯,我们坐这儿吧。"

两人并肩坐在石阶上。门外有唯一的一棵赤松树,枝干细小的影子恰好落在他俩身上。

"那人是藤判官府的武士。"

沙金在石阶上将坐未坐之时,脱下市女笠,说道。这女人身材矮小,不胖不瘦,二十五六岁,手脚灵活,像猫一般敏捷。她的脸庞融合了可怕的野性和异常的美丽,窄额丰脸,牙齿洁白,嘴唇丰满,眼神锐利,眉毛整齐。这些特征本难以搭配,却很完美地融合在沙金脸上,令人无可挑剔。特别是她那一头披肩长发,乌黑发亮,阳光底下,如同鸟羽。次郎看到这女人总是这般妖艳,甚至觉得憎恨。

"那还是你的情人吧?"

沙金眯着眼睛笑了,一副天真的表情,摇了摇头。

"没有比那家伙更蠢的人了。只要我说的话,他像狗一样什么都听。所以,我什么都搞明白了。"

"搞明白什么?"

"搞明白藤判官府的情况啊。他滔滔不绝的,把什么都告诉我了,连同最近买马的事。哦对了,要不要让太郎把那匹马偷出来?说是陆奥[①]产的三岁马驹,我觉得不一定。"

"是啊,哥哥什么都听你的。"

"你真讨厌。我最烦别人吃醋了。太郎也这样,我开始也讨厌,现在无所谓了。"

"说不定我以后也这样。"

"那我就不知道了。"沙金尖声笑道,"你生气了?那我和他们说,你不去了。"

"你就是个女恶魔!"

次郎皱眉,拾起脚边的石头,扔向对面。

"我可能就是个女恶魔。不过迷上我这个女恶魔,就是你的命了。还在怀疑吗?那我可就不管了。"

沙金边说边盯着道路。突然眼神锐利地看向次郎,嘴角浮上一丝冷笑,又说道:

---
① 陆奥,即陆奥国,现日本东北部。——译者注

"你既然这么怀疑,那我告诉你一件事吧。"

"什么事?"

"嗯……"沙金将脸靠近次郎。一股淡妆香混合着汗水味扑鼻而来。次郎感到体内发痒,一阵强烈的冲动涌来,不由把脸扭向一旁。

"我把什么都告诉那人了。"

"告诉他什么?"

"告诉他今晚大家去藤判官府一事。"

次郎不敢相信自己的耳朵。让人窒息的感官刺激瞬间消失。他怀疑地茫然看着女人的脸。

"不要这么大惊小怪嘛,这又没什么大不了的。"

沙金稍微压低了一点声音,嘲讽地说道:

"我是这么说的:'我睡觉的房间就在大路的木板墙边,我昨晚听到板墙那边有人对话,大概是五六个强盗,商量说要去你那边,而且就是今晚。我和你关系好,所以才告诉你。你要是不准备好,可就危险了。'所以,今晚对方肯定会做好万全之策,那家伙现在去召集人了。他说叫来二三十个武士不在话下。"

"你怎么那么多嘴,为什么告诉他这些?"

次郎仍然无法平静,疑惑地看着沙金的眼。

"我并不是多嘴。"

沙金冷笑,她的左手轻轻摸着次郎的右手,说道:"我这么做都是为了你。"

"何出此言?"

次郎说着,心里一阵恐惧。难道……

"你还不明白吗?我刚说了让太郎去偷马。他再厉害,也没法一个人去吧,无非再喊上其他人呗。这样一来,对我俩来说,岂不是好事?"

次郎仿佛全身被浇了冷水:"你要杀死我哥吗?"

沙金手里玩着扇子,点了点头:

"杀了他有什么不好?"

"不是不好,你这么下圈套……"

"那你能杀死他?"

次郎感到,沙金的一双锐眼像野猫一样盯着自己。这种眼神有股可怕的力量,能逐渐麻痹自己的意志。

"但这太卑鄙了。"

"就是卑鄙,不也是没办法吗?"

沙金扔掉扇子,双手静静握住次郎的右手,逼视着他。

"况且,哥哥一个人去就算了。让同伴们这么陷入死地……"

次郎刚说完，就觉得糟了。这狡猾的女人当然不会错过这个机会。

"让他一个人去？为什么？"

次郎抽出自己的手，站了起来。他的脸色变了，在沙金面前走来走去。

沙金抬头望着次郎，说道："只要能杀掉太郎，就是损失几个同伴又何妨？"

"你妈怎么办？"

"死的时候再说死的事吧。"

次郎停下脚步，俯视着沙金的脸。这女人眼中，燃烧着轻蔑与爱欲，如熊熊烈火。

"为了你，我什么人都能杀。"

这话如同蝎子扎心，次郎再次感到不寒而栗。

"但是，我哥哥……"

"我不是连亲妈都不要了吗？"

沙金说着，眼皮低垂，绷紧的脸庞突然松弛，滚滚热泪滴在热日照耀下的灼热沙子上面：

"我把事情全盘告诉那家伙了，反正已经没有回头路了。这事如果被太郎和其他同伴知道的话，我会没命的。"

听到沙金断断续续的话语，次郎的内心涌现出破釜沉舟的勇气。他脸色苍白，默默跪在地上，冰冷的双手坚定地握住沙金的手。

紧紧相握的手中，两人感受着这可怕的约定。

五

太郎掀开白布，走进屋里，却看到意外的一幕，不由得大吃一惊。

房间不大，通往厨房的一扇拉门斜倒在竹板屏风上，弄翻了点蚊香的陶器，陶器碎成两片，未烧尽的青松叶和烟灰洒得到处都是。一个十六七岁的胖女佣卷发上满是灰烬，脸色难看。一个大腹便便的秃顶老头正抓着她的头发。女人身上的麻布单衣被扯乱，双脚拼命挣扎，发疯似的悲呼。老头左手抓住女人的头发，右手拿着缺了口的瓶子，正准备将瓶里的黑褐液体强行给她灌下。女人眼上、鼻上到处都是黑褐液体，却并未流进嘴里。于是，老头更是使出蛮力，想撬开女人的嘴巴。女人顾不上头发被揪，拼命摇头，死活不开口。两人手脚纠缠在一起。太郎从亮处突然走进昏暗的室内，一时间分不清手脚是谁的,但一眼认出他俩是谁。

太郎慌忙脱去草鞋,踏进屋里。他一把抓住老头的右手,轻松夺下瓶子,怒吼:"你在干什么?"

老头毫不示弱,立马回答:"我在干什么?我要干这个。"

太郎把瓶子一扔,又将老头的左手从女人头发上拉开,一脚把老头踢倒在拉门上。阿浓压根没想到会有人来救她,慌忙爬开数丈远。看到老头倒在后面,她浑身颤抖,像拜佛一般,低头向太郎合掌拜谢。然后,她顾不上头发凌乱,如脱兔般赤脚跑到廊檐下,敏捷地钻进白布里。猪熊老头正准备去追她,又被太郎狠狠踢了一脚,倒在烟灰中。这时,女人喘着粗气、跌跌撞撞地从枇杷树下向北跑去……

"救命啊,要杀人啦!"

老头大呼大叫,没有了刚才的气势。他踢倒竹板屏风,想逃去厨房。太郎迅速伸出手臂,一把抓住浅黄色的水干衣领,将他摁倒在地。

"杀人啦!杀人啦!救命啊!有人要杀父啦!"

"胡说八道!谁要杀你?"

太郎用膝盖压住老头,大声嘲讽他。同时,杀死老头的强烈冲动涌上心头，无法抑制。杀死他自然很容易。只需刺上一刀——往他那松弛的红脖子上刺上一刀，一切就结束了。长刀穿透身体刺进榻榻米的感觉，手握刀柄时对方的垂死挣扎，奔涌而出的滚滚血流……太郎想象着这些场景，手不由握住葛藤包缠的刀柄。

"你撒谎，你撒谎！你一直都想杀我！啊，救命啊！有人杀人了！有人要杀父了！"

猪熊老头仿佛看穿了太郎的内心，一跃而起，拼了命地大喊。

"你为何这般虐待阿浓？你给我说清楚，否则……"

"我说，我说，可是我说了之后你还是会杀我的。"

"你真啰嗦，你说不说？"

"我说，我说，我说，你先把我放开。你这样我呼吸困难，没法说话。"

太郎置若罔闻，依然杀气腾腾地反复问道："你说不说？"

"我说。"猪熊老头还想反抗，边挣扎边扯着喉咙说，"我说就是了。我就是让她喝个药而已。哪知道，阿浓这傻瓜就是不喝。所以，我只能强行喂她喝。就是这么个事。不，还有，这药是老太婆给我的，和我无关。"

"药？这是堕胎药吧？不管对方傻不傻，你也不能强行灌人喝啊！"

"你看，你让我说，我一说你就想杀我。你杀人！你无恶不作！"

"谁说我想杀人了？"

"如果不想杀我，那你握着刀柄干吗？"

老头抬起满是汗水的秃头，翻着上眼皮看着太郎，嘴角满是泡沫，大声喊着。太郎心中突然闪过一个念头，要杀就趁现在。他不禁膝盖用力，握紧刀柄，直勾勾盯着老头的脖子。老头的后脑勺上只有一圈稀疏的斑白头发，满是红疙瘩的皮肤皱纹里面有两条血管若隐若现。看到这脖子，太郎对他生出莫名的同情。

"杀人了！有人杀父了！你骗人，你杀父亲！杀父亲！"

猪熊老头接连惨叫，终于从太郎的膝盖下钻了出来。他马上抓起拉门防身，眼睛四处观望，伺机逃跑。老头的脸红肿不堪，鼻歪眼斜。太郎看到这奸诈的面容，后悔没有刚才杀了他。他慢慢松开握着刀柄的手，嘴角泛起自我怜悯般的苦笑，缓缓坐在身边的破旧榻榻米上。

"杀你的那刀，我没带来。"

"你要是杀我，就是杀父。"

猪熊老头看到太郎的模样，终于安下心来，便从拉门后面缓缓出来，在斜对着太郎的榻榻米上心神不宁地坐下。

"为什么说杀你就是杀父？"

太郎看着窗外，吐出这句话。窗户里的四方天空，枇杷树干纹丝不动，枇杷叶内外沐浴着阳光，深浅明暗，呈现出各种绿色。

"不就是杀父亲吗？沙金是我的养女，你和她有关系，你就是我的孩子。"

"那你又把她当做妻子，你是畜生还是人？"

老人看着刚才扭打时被撕坏的衣袖，气呼呼地说道："就是畜生，你也不能杀我。"

太郎撇嘴，嘲讽地说："你这张嘴依然这么能讲。"

"怎么能讲了？"

猪熊老头突然锐利地看着太郎，鼻中哼笑："那我来问你，你认不认我这个父亲？不，是能不能认我为父？"

"这还需要问吗？"

"你的意思是不能？"

"是的，我不能。"

"这是自私自利。你听好了。沙金是老婆子亲生的，我既然娶了老婆子，沙金就是我的孩子。你既然要和沙金相好，就应该认我为父。但你不认我，不仅不认，你居然打我。你为什么让我把沙金当做孩子？当做妻子怎么就不行了？如果我把沙金当做妻子是畜生的话，你打我也是畜生。"

老头一副胜券在握的表情，爬满皱纹的食指指着太郎的鼻子，两眼发光，讲个没完。

"怎么样？是我没道理还是你没道理？这种事情你总该明白吧？我和老婆子从我在左兵卫府当仆人时便认识了。我不知道她是怎么看待我的，但我一直爱慕着她。"

太郎做梦都没想到，这样的场合下，从这个狡猾卑鄙的酗酒老头的嘴里居然能听到曾经的事。不，他甚至怀疑这老头有没有普通人的情感。爱慕猪熊老太的猪熊老头，被猪熊老头爱慕的猪熊老太。想到这里，太郎感到自己脸上挂上了一丝微笑。

"后来，我发现老婆子有情人。"

"说明她讨厌你啊。"

"有情人不代表讨厌我啊。你要是打断我的话，我就不说了。"

猪熊老头板着脸说道。接着，他立刻膝行，靠近太郎，咽了几口口水，继续说道：

"后来，老婆子怀了情人的孩子。这倒没什么，可让我吃惊的是，生完孩子后她就不知去向了。我找人打听，有人说她得了传染病死了，有人说她去了筑紫[①]，后来才得知她借住在奈良坂[②]的朋友家中。我顿觉人生没意思，便开始喝酒赌博，后来被人诱惑，开始偷盗。丝绸也好，锦缎也好，能偷尽偷。我一心想着老婆子。就这样十年、十五年过去了，好不容易又和老婆子重逢……"

老头和太郎坐在一张榻榻米上。话到此处，老头越发激动，竟然泪如雨下，嘴巴颤抖，说不出话。太郎睁开独眼，看老头哭丧着脸，仿佛在看陌生人一般。

"重逢后，发现老婆子早已不是曾经的她。我也不是曾经的自己。但我看到她带来的女儿沙金，长得很像她母亲。看见她，我感觉年轻时候的老婆子又回到了我身边。我想如果和老婆子分开，就得和沙金分开。如果不想和沙金分开，那我就得和老婆子在一起。既然如此，索性娶了老婆子算了。于是我下定决心，这样就有了猪熊这个贫穷的家庭……"

---
① 筑紫，现日本九州地区。——译者注
② 奈良坂，日本奈良北部的一条山路。——译者注

猪熊老头哭着靠近太郎，哽咽地说道。刚才一直没留意的一股酒气扑面而来。太郎连忙拿起扇子盖住鼻子。

"说起来，直到现在，我赌上性命一心惦记的是曾经的老婆子，也就是现在的沙金。可你老骂我畜生。你就这么憎恨我这个老头吗？你如果恨我，就杀了我好了。被你杀了，我也心甘情愿。你要明白，你杀死父亲，也是畜生！畜生杀畜生，真好玩！"

泪水渐干，老头又恢复了原本的流氓模样，晃着干瘪的食指，大喊："畜生杀畜生！你来杀啊！你是懦夫！哈哈，我刚才给阿浓灌药，你看到了那么生气，好像是你把那傻货弄怀孕的。你不是畜生，谁是畜生？"

说着，老头立马退到倒地的拉门后，准备逃跑。他脸色发紫，五官扭曲。太郎被他一顿狂言轰炸，忍无可忍地站了起来，手摸上刀柄。但并没拔刀，迅速动了下嘴唇，往老头脸上吐了口痰：

"你这种畜生，只配这个。"

"你别喊我畜生。沙金不是你一个人的老婆，也是次郎的老婆。你偷了弟弟的老婆，你也是畜生！"

太郎再次后悔没杀老头。同时又怕自己再起杀意。他沉默着，独眼冒着熊熊烈火，准备踹席离开。就在这时，

又听到猪熊老头在背后指指点点,骂骂咧咧:

"你把我刚才的话当真了吗?那全是假的。什么老婆子曾是我的爱慕对象啊,沙金长得像年轻时候的老婆子啊,全是我胡说的。你能拿我怎么样?我就是个骗子,我是畜生。我是差点被你杀死的混蛋……"

老头唾沫四溅,不停地骂着,口齿渐渐不清。他的浊眼里满是仇恨,捶胸顿足,不停絮叨着无意义的事。太郎厌恶至极,捂着耳朵,匆忙离开猪熊家。太阳开始西落,却依旧很热,只有燕子从空中轻盈飞过。

走到外面,太郎突然醒悟过来,自己是为了找沙金才去的猪熊家。但去哪里才能找到沙金呢?他竟然不知道。

"不管了,先去罗生门吧,在那等天黑。"

他做这个决定,暗含想见沙金之意。因为沙金平常夜晚偷盗时,喜欢女扮男装,这些装束和工具都在罗生门楼上的皮箱里。太郎打定主意,便沿着小路大步向南走。

太郎从三条街往西拐,沿着耳敏河的对岸走向四条街。离开四条街的时候,太郎正好看到一男一女。那两人一边说话,一边从立本寺的瓦顶板心泥墙下顺着大街往北而去。

男人穿着枯黄色水干,女人穿着浅紫色罩衣。两人欢乐地一路笑着，从小路走向另一条小路，身影重叠在一起。燕子穿梭在空中，让人眼花缭乱，男人的黑鞘长刀在阳光下闪闪发亮。一眨眼，两人身影已经消失不见。

太郎满脸阴云，不禁停下脚步，站在路边，痛苦地自言自语："反正都是他娘的畜生。"

六

夏日夜晚，很快就到了亥时上刻。

月亮还未升起。一望无际的沉闷黑暗中，京城正静静地睡着。微微星光下，加茂川的河面泛着稍许白光。大街小巷，十字路口，灯火熄灭。寂静夜空下，皇宫、原野、家家户户色彩朦胧，形状不清，只是无限延伸。左京、右京寂静无声，只有偶尔飞过的杜鹃发出叫声。若说有暖心灯火和细微声响的话，那可能就是香火缭绕的寺院大殿里的长明灯，"参笼"[1]信徒正跪拜在金粉、铜绿剥落的孔雀明王画像前祈祷；或者是一群乞丐为度过短暂

---

[1] 参笼，信徒们集中一段时间在神社或者寺院昼夜参拜。——译者注

夏夜，在四条街、五条街桥下焚烧垃圾的火光；或者是朱雀门的闪闪鬼火，狐狸精每晚在瓦上草间吓唬行人点燃鬼火。除此以外，北起千本，南到鸟羽街道的尽头，夜色深沉。只有驱蚊烧草的气味，没有一丝风，连河滩的艾蒿也一动不动。

此时，王城之北，朱雀大街尽头的罗生门旁，响起了遥相呼应的弓弦敲击声，仿佛蝙蝠振翅一般。于是，一人、三人、五人、八人，一些装束奇怪的人从四面八方逐渐汇集而来。朦胧的星光下，各自携带武器。有人佩刀，有人背箭，有人持斧，有人拿矛，打着绑腿，穿着草鞋，来到罗生门前的石桥旁威风列队。太郎站在最前面，后面是猪熊老头，他似乎已经忘了刚才和太郎的争吵，手持长矛，矛头在黑夜中发光。再后面是次郎、猪熊大妈，稍远一点的地方站着阿浓。沙金站在中央，穿着黑色水干，腰佩长刀，背负箭袋，挂着弯弓，环顾同伙，娇艳的小嘴开口说道：

"大家听好了。今晚的对手不比以往，很棘手，大家要有心理准备。我们分头行动，太郎带十五六人从后面进去，其他人和我从前面进去。进去后搞定后面马厩里的陆奥马。太郎，这事交给你可以吧？"

太郎沉默，看着星星，只是撇嘴，点了点头。

"另外，我先声明一点，不许将女人和小孩当人质。那会惹麻烦。好，人齐了，我们出发行动！"

沙金说着，举弓指挥大家行动。她回过头来，对垂头丧气咬着手指的阿浓温和地说道："你就别去了，待在这里等大家回来。我们两三个小时就回来了。"

阿浓像个孩子一样，呆呆地看着沙金的脸，轻轻点头。

"好了，走吧。不要掉以轻心了，多襄丸。"

猪熊老头夹着矛，回头看看身旁的同伙。那同伙身穿深红色水干，晃着手中的长刀护手，只听护手响了几下，又哼了一声，并未搭理老头。倒是一个扛着斧头，清爽利索的青须男人在旁插嘴："还是你自己小心吧，别被影子吓死了。"

二十三个盗贼一齐偷笑起来。以沙金为中心，强盗团伙如一团乌云，带着杀气冲向朱雀大街。又如同溢满沟渠的泥水，引向洼地。黑夜之中，他们迅速消失，不知去向……

天空微微透出亮光，罗生门屋顶瓦高耸，俯视着寂静大路，杜鹃忽近忽远地叫着。一直站在七丈高的五级大石阶上的阿浓消失了，不知去哪儿了。不久，罗生门楼上亮起昏暗灯光，一扇窗户突然打开了。一张瘦小的女人脸庞从窗口露出来，遥望着月出。阿浓俯视着逐渐明亮的京城，感受到胎动，独自高兴微笑。

七

次郎挥动着血迹斑斑的长刀，与两个武士、三条狗殊死搏斗，顺着小路往南后退数丈。他已无暇顾及沙金的安危。对方仗着人多，接连砍来。恶狗耸起背部，竖起毛发，四面八方，猛扑过来。月光下，大街微亮，大致能看清兵器。次郎被人和狗包围，奋力砍杀。

要么杀死对手，要么被对手杀死，只有这两条路，别无他法。次郎做好心理准备，一股超乎寻常的凶猛勇气油然而生，增加了他的体力。他挡住对方的长刀并回砍的时候，脚下还得避开扑来的狗，这些动作必须同时完成。不仅如此，当他扭转对方砍来的长刀时，还必须防备后面的狗咬。次郎不知何时受了伤。月光下，一道红褐色的液体和汗水一起，顺着他的左鬓角流下来。次郎此刻正奋力拼杀，毫无痛感。他脸色苍白，俊美的眉毛拧成一条线。好像是长刀在挥舞着他,帽子掉了,衣服也破了,他只是一个劲地挥刃,纵横厮杀。

这般打打杀杀也不知持续了多久。有个武士对着次郎上半身砍来,却突然后仰惨叫。次郎立刻砍向他的侧腹,直至腰窝。他听到骨头断裂的一声闷响。夜色中,刀光闪亮。接着,次郎在空中挥动长刀,正好砍断从下面杀来的另一个武士的胳膊,那家伙立刻逃回原路。次郎正要追砍,一条狗像皮球一样跳起,一口便要咬他的手腕。他不由后退一步,举着满是血迹的刀,顿觉全身肌肉松弛下来,眼看着对手背影消失在黑暗中。次郎如噩梦惊醒,发现自己站立之处不是别处,正是立本寺门前。

约一小时前,偷盗团伙从正门袭击藤判官府,却突遭中门左右和车棚内外的猛烈乱箭攻击,让他们心惊肉跳。冲在最前面的真木岛十郎大腿中箭,箭深深扎进肌肉,他站立不稳,摔倒在地。接着,又有两三个人中箭,有的脸破了,有的胳膊受伤后慌忙后退。对方在暗处,也不知道安插了多少弓箭手。各色翎羽的乱箭发出尖锐的声音,像雨点一样射来。就连后面的沙金,黑色衣袖也被箭矢斜着射穿。

"保护好头儿,不能让她受伤。射吧射吧!我们也有弓箭哩！"

交野的平六拍着斧柄，怒喝道。有人哦哦回应，同时开始响起呐喊杀声。次郎手握刀柄，退到后面，听见平六这话，感到他的苛责之意，从侧面偷瞟沙金。沙金冷眼看着这场恶战，故意背对月光，挂着弯弓，嘴角微笑，凝视着乱箭交错的场面。

此时，平六急躁地吼叫："怎么把十郎扔那儿不管，难道你们怕箭，准备眼看着伙伴死吗？"

十郎大腿被箭射中，无法站立，只好扶着长刀，挣扎爬行，如同一只被拔掉羽毛的乌鸦，躲着不断飞来的乱箭。次郎见此，异常战栗，不禁拔出腰间长刀。平六察觉次郎意图，斜眼盯着他的脸，嘲讽地说道："你陪着头儿就行了。十郎让这些小兄弟去救就行。"

次郎从这话中听出了嘲讽的意味，咬着嘴唇，尖锐的双眼回瞪平六。

就在此时，几个人准备营救十郎，匆忙跑向他处。然而没等他们跑到十郎身边，就听到一声刺耳的号角声，一阵乱箭中，只见六七条耳朵尖竖、牙齿锐利的猎犬从门内冲出，恶狠狠地叫着猛扑过来，卷起阵阵白烟，夜晚都能看到。接着十几个武士争先恐后，拿着兵器，熙熙攘攘冲往宅院外。强盗这方自然积极应对。平六拿着斧头，冲在最前面。大刀挥舞，长矛横扫，一片刀光剑影。人兽齐吼，起初的胆怯消失了，一个个热血沸腾。沙金把箭放在弓上，微笑的脸上掠过一丝杀气，迅速躲到路边的墙后以墙作掩护。

不久敌我不分，混战一体，狂吼之声不绝于耳，在十郎倒地的地方，激烈的肉搏开始了。猎犬狂吠，充满了血腥味。究竟谁方胜出，一时间竟难以分辨。这时，从宅子后门进攻的一人跑来，满身汗水与尘土，身受两三处轻伤，沾满鲜血。他扛着一把缺口的长刀，似乎经历了艰苦的厮杀。

"那边准备撤退了。"月光下，男子来到沙金面前，上气不接下气地说，"带队的太郎在里面被包围了。"

昏暗的板墙后，沙金与次郎不禁对视了一眼。

"被包围了？怎么回事？"

"我也不知道怎么回事。但看起来太郎应该没事。"

次郎转脸，离开沙金身旁。这小窃贼自然留意不到这事。

"还有，老头和老太好像手受伤了。看起来，他们也杀死了四五个人。"

沙金点了点头,从后面追上次郎,凶狠地说道:"我们也撤吧。次郎,你吹口哨吧。"

次郎的所有表情都凝固了。他将左手指含在嘴里,吹了两声尖锐的口哨,这是只有同伙才知道的撤退暗号。但强盗们听到口哨声后,似乎无人转身撤退(他们被敌人和狗团团包围,实际上根本没机会脱身)。口哨声打破了夏夜空气的闷热,飘渺消失在远处的小路。人叫声,狗吠声,长刀碰撞声,震天动地,晃动着遥远的星空。

沙金仰望着月亮,闪电般扬眉。

"没法子了,那我们先回去吧。"

话音未落,次郎仿佛没听到一般,又把手指含在嘴里,准备再吹一遍口哨。就在这时,几个同伙突然乱了阵脚,左右分开,原来敌人正带着狗逼近他们。就在此时,沙金手里嗖的一声,最前面的一条白狗被箭射中肚子,哀嚎倒地,汩汩黑血流淌在地面的沙子上。狗后面有一个武士,毫无畏惧之色,横着长刀向次郎砍来。次郎下意识挡住,刀刃相击,火花迸溅。月光下,次郎看见对方汗湿的红胡须和撕裂的桦樱武士服,认出了对方。

他眼前立刻浮现出立本寺前的场景,同时产生了可怕的怀疑:沙金会不会和眼前这家伙合谋,不仅要杀死我哥哥，还要杀死我呢？瞬间的怀疑化作震怒，冲得他眼前漆黑，次郎如脱兔般躲过对面长刀，双手紧握刀柄，奋力刺进那武士的胸口。武士立刻倒下，次郎用草鞋狠狠碾压他的脸。

武士的热血溅到次郎手上，次郎用刀尖去碰他的肋骨，感到他的拼死反抗。武士虽然只剩一口气，被次郎草鞋践踏，却仍咬了次郎几口。这自然强烈刺激了次郎的报复心理，同时他也感到难以形容的疲惫袭上心头。如果周围环境允许的话，他定会不管不顾躺下，尽情休整。当他踏着武士脑袋，将鲜血淋漓的长刀从其胸口抽出时，已被其他几个武士包围。一个武士从背后偷袭，正准备用矛头刺进次郎的后背。就在这时，这个武士突然面朝下摔倒，矛头划破次郎的衣袖。原来在长矛即将刺进次郎后背的关键时刻，一支箭嗖的一下从后而来，深深刺入武士的后脑勺。

后来发生的事情，次郎觉得如在梦中。前后左右砍来的一片刀海中，他如野兽般怒吼，不分对手，奋力搏战。他只能听到周围声音鼎沸，人声、狗声、兵器声混成一片。他只能看到血汗交杂的一张张脸。次郎惦记着后面的沙金，这种念头仿佛长刀碰撞的火花，时不时闪现心头，但在生死关头又很快消失。接着,长刀碰撞声、乱箭嗖嗖声如同遮天蝗虫拍翅,震撼地回荡在被泥墙堵塞的小路上。这般厮杀中,次郎不知不觉被两个武士和三条狗追赶,顺着小路渐渐往南后退。

次郎除掉了其中一个武士,又在追杀另一武士,他自认为除掉三条狗胜券在握,然而却错了。这三条茶色斑狗都是狗中精品,个子如同小牛犊,嘴角沾着人血,攻势不减,向脚边左右扑来。次郎踹上一条狗的下巴,另一条狗却扑上他的肩膀,这时第三条狗差点咬住他拿刀的手。接着,三条狗在次郎面前兜着圈,尾巴竖起,貌似闻着沙土,下巴贴着前脚,疯狂吠叫。次郎除掉武士后,松了口气,却没料到被这些猎狗围困,这让他大为恼火。

但他越是恼火,长刀越是落空,甚至失了重心。狗趁他重心不稳,喷着热气,更是不停歇地扑来。到了此般境地,只有最后一策了。他心中还有一丝希望,如果狗累了,或许他能逃跑。他拖着砍空的长刀,从准备咬他脚的狗背勉强跃过,借着月光,拼命奔跑。但这希望就像溺水者抓住最后一根稻草想活命一样渺茫。见他逃跑,狗卷起尾巴,后脚扬起沙尘,排成一线,紧追不舍。

没想到,如此撤退不仅失策,更让自己落入了虎口。

次郎在立本寺十字路口勉强向西跑了约两百米，突然听到前方破晓处传来了更喧闹的狗吠声，数量远远多于后面追来的狗。月光下，一群野狗奔来，如同乌云一般，左右乱撞，乱乱糟糟，貌似在争抢食物。最后——这几乎是瞬间发生的事。一条猎犬迅速超过他，高声吠叫，好像在召集其他狗。于是，发疯的野狗群遥相呼应，竞相狂吠，越叫越响。次郎立刻陷入这凶猛腥臭的野兽群中。深夜小路，如此多野狗聚集，并不多见。一片废墟的京城，几十条凶猛的野狗为非作歹，如饥似渴地寻觅着血腥味，趁着夜晚吃掉那因瘟疫被弃在这儿的女人。野狗们咬牙撕咬，凶暴地抢夺着肌肉和骨头。

这时，野狗们发现了新猎物，如同狂风吹动的稻穗一般，忽地一下从四面八方向次郎扑来。一条健壮的黑狗跃过他的长刀，一条没尾巴的狐狸样的狗从后面跃起，掠过他肩膀，沾满鲜血的胡须擦过他脸庞，满是泥沙的脚毛蹭过他眉间。他不知道该不该砍，前后左右，满目尽是绿油油的眼珠和喘着粗气的狗嘴。野狗步步逼近，从路上一头接一头扑来。次郎挥动着长刀，突然想起猪熊大妈的话"反正是死，不如一下死了算了"。他想着，闭上双眼，狗嘴里的热气喷在他脸上，感到有狗想咬他，他又下意识地睁开眼，横砍过去。不知经过了多少回合的搏斗，他的臂力逐渐减弱，觉得手里的长刀越来越重，站立不稳。这时，比他杀死的狗更多的野狗群正源源不断跃过板墙，从原野而来。

次郎双手握刀，绝望地仰望天上小小的月亮，突然想到哥哥，想到沙金。自己本想杀死哥哥，却将死于狗嘴。这是上天对自己最好的惩罚。想到这里，泪水涌上眼眶。野狗不依不饶地疯狂攻击。一头猎犬突然晃动茶色斑点的尾巴，猛扑过来。次郎立刻感到左大腿被那狗的尖牙咬穿了。

就在此时，远处传来一阵马蹄声，如同一阵风刮向天空，从月色微亮的两京二十七坊的夜深处而来，盖住了喧闹的狗吠声……

一片激战中，唯有阿浓站在罗生门楼上，脸上浮现着安详的笑容，眺望着远空之月。微明泛青的天色中，瘦弱的月亮寂寞地从东山上缓慢爬上天空。随之，白茫茫的水光下，加茂川的木桥逐渐淡淡地浮现出来。

不仅是加茂川，就连眼前的京城街道，刚才还一片漆黑，弥漫着尸体臭味。忽然间镀上了金色冷光，就像越人①说的海市蜃楼,九层塔、寺院的屋顶等泛着微光,若隐若现地笼罩在将亮的天色里。环绕着街道的山峰仿佛还在阳光的余热中,山顶月色朦胧。山峰似乎在思索着什么,从薄薄的暮霭上方静静凝视着那一片荒芜。空中飘来一股淡淡的凌霄花香。原来罗生门大门左右的草丛里,开着一簇簇凌霄花。花儿伸展花蔓,缠绕着破旧的门柱,即将爬上快掉落的屋瓦和布满蜘蛛网的橡木……

阿浓靠窗深吸气,贪婪地闻着凌霄花香。她想着次郎,念着腹中胎儿,希望孩子早日出生,想着各种事情。她不记得自己的双亲,也丝毫不记得自己的出生地,只记得小时候被人抱着或背着从罗生门这样的朱漆门下走过。当然,这记忆有几分准确,还有待考证。真正记得的,还是自己懂事以后的事,但都是一些想忘却的记忆,比如,有时被街上孩子欺负,被倒挂着从五条街的桥上扔进河里。有时候实在太饿了去偷东西吃,结果被剥光衣服,全裸吊在地藏堂的房梁上。后来沙金救了她,她自然便加入了强盗团伙,但是受的苦却并未因此而减少。虽然她傻乎乎的,但是心里能感觉到痛苦。阿浓只要违背猪熊大妈的话,就常被毒打。猪熊老头常借酒意为难她。

---

① 越人,日本古代将本州日本海沿岸东北部称为越。——译者注

即使是平时关心她的沙金,一旦生气,也会抓着阿浓的头发殴打一顿。其他强盗更是毫不留情地打骂她。每次受虐后,阿浓便会逃到罗生门楼上,独自伤心流泪。要不是次郎经常好言相劝,她也许早就从楼上跳下去死了。

月下飞着烟灰样的东西,从屋瓦下飘往窗外的暗蓝天空。毫无疑问,那些肯定是蝙蝠。阿浓出神地望着天空,凝视着稀疏的星星。这时,她又感到一阵胎动,连忙竖耳聆听胎儿的动作。就像她的心拼命挣扎,想要逃脱世间痛苦,腹中胎儿也在挣扎着来到人世历经磨难。但阿浓并不去想这些,即将成为母亲的喜悦,自己能成为母亲的喜悦,如同凌霄花香,充盈着她的整个内心。

她突然觉得,胎儿这么动大概是因为睡不着觉,正挥动小小的手脚哭闹呢。她对胎儿低声说道:"宝贝乖乖,好好睡,天快亮了哦。"于是,胎儿似乎不动了,随即又开始动了,而且腹部疼痛感越来越强。阿浓离开窗边,蹲了下来,背对灯台的昏暗灯光,轻唱歌谣,安抚胎儿。

吾心如磐石

永不离开君

如若违盟誓

波涛越松山[①]

阿浓依稀记得这歌。灯光摇曳下，楼上响起了断断续续的颤抖歌声。这是次郎喜欢的歌。他一喝醉，就会用扇子打着拍子，闭着眼反复唱。沙金经常拍掌，笑他唱歌走调。腹中宝宝肯定喜欢这首歌谣。

谁也不知道，这孩子到底是不是次郎的。阿浓本人对此事绝口不提。有同伙不怀好意地问孩子的父亲是谁时，阿浓总是双手交叉胸前，羞涩垂眼，闭口不言。每当这时，她满是脏污的脸上泛着女人的红晕，不知不觉间睫毛噙着眼泪。同伙见此，便起哄嘲讽她傻，连肚子里孩子的父亲是谁都不知道。但阿浓坚信，孩子的父亲就是次郎。她爱次郎，所以怀上他的孩子顺理成章。每次她在罗生门楼上孤枕睡觉之时，都会梦见次郎。如果次郎不是孩子的父亲，那还能是谁呢？阿浓轻哼歌谣，凝视远方，连蚊子叮咬也没在意，仿佛陷入了梦境。这是忘却世间痛苦，又给这痛苦抹上某种色彩的梦境，美丽却凄凉。（不

[①] 选自日本古代诗歌集《古今和歌集》中的陆奥歌。松山为日本地名，传说即使该地有海啸，也绝对不会越过松山，用于男女间山盟海誓。意思类似于中国的"山无陵天地合，乃敢与君绝"。——译者注

知眼泪为何物之人断不会做这样的梦。）梦里，所有罪恶都在眼底彻底消失，但只有人类的悲伤——人类的巨大悲伤，如同洒满天穹的月光，依然孤独而残酷地存在……

波涛越松山

波涛越松山

歌声慢慢变弱，最后消失，就像灯火一样。这时，无力的呻吟声开始微弱响起，仿佛呼唤着黑暗。阿浓唱到一半，忽然感到腹部剧痛。

由于对手将计就计，攻击后门的强盗们一开始就遭到乱箭猛射，接着又受到了冲出中门的武士们的沉重反击。冲在前面的几个强盗本以为这些只是不经打的小武士，根本没把他们放在眼里，如今却乱了方寸，各自逃命。其中，跑得最快、最胆小的就属猪熊老头，不知怎么回事，他却搞错了方向，跑进了正用刀搏斗的对手武士群里。老头膘肥油腻的身材，提着长矛的凶恶模样，看起来很勇猛。武士们看到老头，互相看了看，三三两两拿着兵器，前后紧逼而来。

"你们别搞错了,我是府里的家仆。"

猪熊老头不得不慌张喊道。

"你撒谎!你以为我们这么好骗吗?你这不死心的家伙。"

武士们大骂,准备砍过去。此时,老头已经无路可逃。他面如死灰:"我没撒谎,没撒谎啊!"

他使劲瞪眼,环顾四周,急着想找地方逃跑。只见他满额冷汗,双手忍不住地颤抖。周围满眼都是殊死搏斗的场面。宁静的月光下,激烈的刀剑声和高昂的吼叫声接连不断,武士与强盗厮杀成一团。猪熊老头觉得自己逃脱无望,凝视着对手,突然变了个人一样,凶神恶煞,龇牙咧嘴,拿起长矛,威风凛凛,骂道:"撒谎又怎么着?你们这些傻瓜、混蛋、畜生,来啊!"

说着,矛头飞溅出火花。只见长着红痣的大力武士第一个采取行动,从侧面猛砍过来。猪熊老头上了年纪,本就不是这个臂力不凡的武士的对手,没战十个回合便阵法渐乱,矛头越来越低。猪熊老头不久退到了小路中央。那武士大吼一声,将老头的长矛从中砍断。紧接着,武士举着长刀从老头的右肩斜砍向胸口。老头一下子坐下,倒在地上。他瞪大双眼,无比恐惧,万分痛苦,撅着屁股惊慌失措地赶紧爬,声音颤抖,叫道:"你们暗算我!我被你们暗算了!救命啊!"

红痣武士在后面踮起脚,举起血淋淋的长刀。这时候如果不是像猴子一样的东西跑来,猪熊老头肯定已经没命了。月光下,那"猴子"麻布单衣飘扬,挡在猪熊老头和武士之间。接着,匕首一闪,刺进对方的乳下。对方的长刀同时横砍上"猴子","猴子"发出可怕的叫声,好像踩到了滚烫的火筷一样跳起,然后用力抓住对方的脸,两人一起倒地。

接着,两人开始了野兽般的肉搏。殴打、撕咬、揪发,已经分不出谁是谁。一会儿,"猴子"骑在武士身上,匕首又是一闪,武士被按倒,脸色大变,只有那颗痣依然泛红。精疲力尽的"猴子"仰面躺在武士身上。这时借着月光老头才看清了"猴子"的脸,原来是气喘吁吁、满脸皱纹、蛤蟆面孔的猪熊老太。

老婆子耸动肩膀,喘着粗气,躺在武士的尸体上面,左手还紧紧抓着他的发髻,痛苦地呻吟着。不久,她翻了一个白眼,两三次张开干裂的嘴唇,努力呼唤着自己的丈夫:"老爷子,老爷子。"声音微弱却含着感情。然而,周围无人应答。早在老婆子相救之时,猪熊老头

115

就扔掉了所有家伙，在血泊中连滚带爬，自顾逃命了。之后还有几个强盗在小路上挥舞兵器殊死搏斗。但对奄奄一息的老婆子来说，这些人与自己毫无关系，就像对方武士一样，只是路人而已。猪熊老太呼唤着自己的丈夫，声音越来越微弱。然而丈夫却始终没有回应，精神上的孤独比肉体的重伤更加尖锐地刺痛她的内心。她的视力迅速衰弱，周围的一切逐渐朦胧，只能看到上方一望无际的苍穹及小小的白月。

"老爷子……"

老太满嘴是血，低声呼唤，神志模糊，昏昏地陷入永眠的深渊。

就在这时，太郎骑着一匹还没上鞍的栗色裸马，嘴里叼着沾满血迹的长刀，双手抓着缰绳，雷暴般快马加鞭。不用说，这就是沙金看上的那匹陆奥三岁马驹。小路上满是强盗们抛下的尸体，在月光照射下，一片惨白，如同冰霜。微风吹拂着太郎的乱发，他跨马环视，自豪地望着身后骂骂咧咧的喧闹人群。

如此自豪，他理所应当。当他看到己方不敌敌方之时，便暗下决心，哪怕其他东西搞不到，至少得把那匹马驹搞到手。他挥动葛藤柄的长刀，对着武士们一顿猛砍，独自冲进宅子里，轻松踹开马厩的门，纵身跃上马背，迅速割断缰绳，马蹄腾空，踢飞一切障碍物，一举飞出重围。身上不知为此受了多少伤。衣袖破裂，黑帽挂在带子上，褴褛的裙裤被血浸透。刀光剑影中，太郎见一个杀一个，见两个杀两个。现在想起那场景，仍兴高采烈，更是无悔。他不时地回头看，嘴角露出愉快的微笑，昂然策马。

他心里想着沙金，也想着次郎。虽然对自己的懦弱和自欺欺人感到自责，心中却依然勾画着梦一样的幻想，希望沙金有一天会重新倾心自己。除了自己，还有谁有这般能耐在如此情况下抢来这匹马呢？对手可是占尽了地利人和。要是换做次郎的话——他脑中突然闪过弟弟死在武士刀下的场景。这个想象对他自然毫无不快的感觉，甚至是他暗自祈祷之事。不需要自己亲自上阵，次郎死于别人的刀下，不仅可以让他的良心免受谴责，从结果来说，也不用担心沙金憎恨自己。他虽然心里这么想，仍为自己的卑鄙而感到羞耻。于是，他右手拿下叼在嘴里的长刀，静静地擦拭血迹。

血迹擦干后，他将长刀插回刀鞘。他拐过十字路口，看见二三十头野狗在月下狂叫，一个黑黑的模糊人影背靠着坍塌的板墙挥刀搏斗。就在这时，马驹高声嘶吼，长长的鬃毛一甩，四蹄扬起尘土，疾风般飞驰而去。

"是次郎吗？"

太郎看见了弟弟，忘我大喊，眉头紧蹙。次郎一边挥刀，扬脖看着哥哥。就在这一刹那，他们互相感到潜伏在对方眼睛深处的可怕东西。如文字描述，那真的是一刹那的感觉。马大约被这群狂吠的野狗吓到，马头高昂，前蹄划着大圆，比刚才更为迅速地一跃而起。扬起的灰土如同一道白柱，飞舞升空。次郎满身是伤，仍然呆立在野狗群中……

太郎脸色苍白，刚才的微笑已然消失。他心中有声音一直在念叨着"快跑快跑！"只要跑走一会儿，不，哪怕半会儿，就万事大吉了。他要做的事情，总有一天必须做的事情，野狗帮自己做了。他的耳边一直环绕着那声音"快跑啊，怎么还不跑呢？"是的，这事早晚都会发生。如果今天换做弟弟，他肯定也会做自己即将做的事。"跑吧，罗生门近在眼前了。"太郎的独眼发光，像是发烧病人一样，他半意识地踢了下马腹。骏马的尾巴和鬃毛披着长风，四蹄迸出火花，拼命狂奔，月光下条条小路如激流般在他的脚下迅速倒流。

然而,他的嘴里不由蹦出了一个亲切的词语——"弟弟"。次郎是自己的亲弟弟,他无法忘记。太郎紧抓缰绳,脸色惨白,牙关紧咬。面对这个词语,所有的一切都在眼前消失。这并非被迫选择,选弟弟还是沙金。眼下,这个词语如电光般震撼着他的内心。他眼中没有天空、小路,更没有月亮,只有一望无际的黑夜,还有黑夜般深邃的爱憎。太郎发了疯地叫着弟弟的名字,挺身拉起缰绳,马立刻掉转方向。马嘴溢出雪般白沫,马蹄清脆地踏着大地。瞬间,太郎惨白阴暗的脸上,独眼冒出熊熊火花,驱使马匹向原路飞驰而去。

"次郎!"

他一路高喊着弟弟的名字,肆意宣泄着内心的汹涌感情。这声音就像敲打火红铁块的回音,尖锐地穿透次郎的耳朵。

次郎严肃地看着马上的哥哥。这不是平日的哥哥,和刚才那个驾马离开的哥哥完全不同。哥哥那紧蹙的眉头,紧咬下唇的牙齿,还有闪着奇怪光芒的独眼,次郎看到几乎接近憎恨的爱正在燃烧。这样的爱从未见过。

"次郎来,赶紧上马!"

太郎驾着马,像陨石一样冲进狗群,在小路上斜着

119

转圈，高声叫道。此时不容半点犹豫。次郎将手中长刀尽可能地扔向远处，趁狗回头之时，敏捷上马。太郎也立即伸出手臂，抓住弟弟的衣领，使劲拖他上来。马头换了三次方向，月光照射着鬃毛，这时次郎已坐上马背，紧紧地抱着哥哥的胸膛。

这时，一头满嘴是血的黑狗一声怒吼，卷起沙尘向马鞍上扑来。尖利的牙齿差点咬上次郎的膝盖。就在这时，太郎狠狠踢了下马肚。马怒吼一声，晃动尾巴，尾巴扫了下黑狗的嘴。黑狗只扯下了次郎的绑腿，一头栽进低着脑袋的狗堆里。

次郎入神地看着，仿佛正在做着美梦。他抱着哥哥，眼中没有天，也没有地。哥哥的半边脸沐浴着月光，温柔而庄严，此刻正凝神盯着前方。他感到无限的安全感正逐渐充盈内心。这种宁静而强大的安全感，在离开母亲多少年后，他再没有感受过。

"哥哥！"

次郎忘了自己还在马上，紧紧地抱住哥哥，开心地笑着，将脸贴在太郎胸膛，泪水落了下来。

一会儿，兄弟俩来到空荡荡的朱雀大街，静静地驾马缓行。哥哥没有开口，弟弟也保持着沉默。寂静无声的夜晚，回荡着清脆的马蹄声，凄冷的银河横跨头顶。

八

罗生门的夜晚，天还未亮。往下看去，布满寒露的屋瓦和朱漆剥落的栏杆上，月光斜照。罗生门下，斜伸出来的高檐遮挡了风月。这里暗黑闷热，蚊子肆虐，馊臭沉闷。一群强盗从藤判官府撤出，黑暗之中，正围着微弱的火把，三三五五，有人站着，有人躺着，有人蹲在圆柱下，忙着处理伤口。

其中，猪熊老头伤势最重。他仰面躺在沙金的旧衣上，眼睛半睁半闭，不时嘶哑地呻吟，令人发毛。他内心疲惫，搞不清自己是才躺在这儿，还是一年前就已经躺在这儿了。像是戏弄这奄奄一息的老头，他的眼前闪动着各种幻影，一刻不停歇。对他来说，这些幻影与罗生门正发生的事迟早归于同一世界。他搞不清时间地点，昏迷之中，以超越理性的某种顺序，准确回味着自己的丑陋一生。

"老婆子，老婆子，怎么样了，老婆子！"

黑暗中若隐若现的可怕阴影，将他吓得心惊肉跳。

他扭动身体，嘴里念叨着。

这时，交野的平六从旁边探出头来，额上的伤口用汗衫袖子包着，说道："你说老婆子啊？她已经去西天了，这会儿大概正坐在莲花座上焦急地等你呢。"

说完，他为自己的玩笑大笑，扭头对对面角落里帮真木岛的十郎包扎腿伤的沙金说："头儿，看来老爷子撑不过去了。如此受苦，太过残忍，我刺死他算了。"

沙金娇媚地笑了："别开玩笑。横竖都是死，让他自己死吧。"

"哦，好。就这么着。"

听到这一问一答，猪熊老头的心头涌上了某种预感，不由恐惧，身体仿佛冻僵了一般。接着，他又大声呻吟。这个畏敌的胆小老头曾用平六所提的同样理由，用矛头刺死过无数个奄奄一息的同伙，大部分仅仅为了满足杀人的兴趣，或是单纯向他人和自己展示勇气，于是要下计谋，干下此事。而如今——

有人好像不知道他的痛苦一样，在灯影下哼唱着歌谣：

黄鼬吹笛子

猴子忙演奏

蝗虫打拍子

蟋蟀打钲鼓①

接着啪的一声，又有人拍打着蚊子。其中还混着"呵嘿"的歌谣节拍声。两三人摇晃着肩膀，低声笑着。猪熊老头浑身颤抖，为了确认自己还活着，睁开沉重的眼皮，凝视着火把的光。沉沉夜色中，火把微弱地发着光。火焰四周扩散着无数的光圈。一只小金龟子嗡嗡飞来，碰到光圈，翅膀烧焦，跌落下来，飘来一股青草气味。

自己也会像这虫子一样，很快死掉。死后，虫子、苍蝇会将我的血肉吃光。啊，我要死了。而同伙们竟然事不关己高高挂起，又唱又笑，这般热闹。想到这里，一种难以形容的愤怒和痛苦侵蚀着他的骨髓，同时一个轱辘样的东西闪着火花在他眼前不停旋转。

"畜生！太郎，你这个混蛋！"

老头的舌头已经无法卷动，他断断续续地骂道。

真木岛的十郎慢慢翻转身子，怕弄疼大腿伤口，嘶哑地问沙金："他怎么这么憎恨太郎啊？"

---

① 选自日本平安时代歌谣集《梁尘秘抄》。强盗引用哼唱，表达自己暂时脱离险境的心情。——译者注

沙金皱眉，瞥了眼猪熊老头，点点头。

接着，有人像哼歌一样，哼鼻问道："太郎怎么样了？"

"估计没救了。"

"有人看到他死了吗？"

"我看见他和五六个人厮杀。"

"哎呀，真是顿生菩提，大彻大悟啊。"

"也没见次郎啊。"

"说不定和太郎一样死了。"

太郎死了。老婆子也走了。自己也快踏上黄泉路了。死，究竟是什么？不管怎么样，自己都不愿死。但终归得死。就像小虫一样，卑贱地死去。这些天马行空、乱七八糟的思绪如同黑暗中嗡嗡叫的蚊子一样，全方位狠刺着他的内心。猪熊老头仿佛感到，这隐形的让人恶心的死亡正在朱漆柱子后面耐心地盯着自己的呼吸，残酷而又沉着，看着自己垂死挣扎。死亡正步步膝行，如即将消逝的月光，慢慢来到自己的枕边。但自己怎么都不想死啊……

今夜与谁眠

常陆介相伴

入梦玉肌滑

男山峰红叶

名扬天下知 [1]

歌谣的哼唱声与木棒榨油声般的呻吟声混为一体。有人在猪熊老头枕边吐着唾沫说道:"阿浓这傻瓜去哪儿了啊?"

"是啊,怎么不见她啊?"

"十有八九在楼上睡觉。"

"啊,你们听,上面有猫在叫。"

强盗们瞬间安静。只有猪熊老头断续的呻吟声和楼上微弱的猫叫声。夜晚的暖风吹过柱子间,送来淡淡的凌霄花香。

"好像猫也成精了。"

"阿浓的对象是化成猫精的老头吧。"

沙金抖抖衣服,责备地说道:"这不是猫,你们谁上去看一下。"

交野的平六闻言,将刀鞘靠于柱子,站起来。上楼的

---

[1] 这首俗曲出自《枕草子》。《枕草子》为日本平安时代女性作家清少纳言创作的随笔集。常陆,古代日本令制国之一,现日本茨城县大部分地区。介,辅助长官的官职。男山,在京都八幡町。此处将男子比作男山,将恋爱中的女子比作红叶。——译者注

梯子在柱子对面，有二十几级。莫名的不安袭上所有人的心头，大家都沉默不语，只有微风带着凌霄花香轻轻吹过。突然，平六在楼上大叫起来。接着，便听到急匆匆的下楼声，搅乱了慌乱沉闷的黑暗。——一定出大事了。

"你们猜怎么回事？阿浓生孩子了呢。"

平六一下梯子，就把旧衣包着的一团圆乎乎的东西放到灯下。只见充满了女人气味的脏衣裳包裹着一个新生儿。那婴儿与其说是人，不如说像只剥了皮的青蛙，摆动着沉重的大脑袋，皱着丑陋的脸，大声啼哭。淡淡的胎毛、细小的手指，婴儿的一切让大家既厌恶又好奇。平六环视左右，摇着手中婴儿，扬扬得意地描述："我上去一看，阿浓正趴在窗下呻吟，好像死了一样。虽说她是个傻子，毕竟也是个女人啊。我以为她生病难受，走前一看，大吃一惊。只见一堆鱼肠一样的东西在昏暗中啼哭。我摸了摸，那东西动了动。看这玩意身上没毛，肯定不是猫。我一下子抓起来，月下一照，原来是刚生下来的婴儿。你们看，可能被蚊子咬了，这孩子胸腹部全是红疙瘩。阿浓也当娘了呢。"

平六站在火把前，周围还有十五六个强盗，有站着的，有躺着的。这时，大家都伸长脖子，和刚才判若两人，露出暖暖的微笑,凝视着刚出生的红色丑陋肉团。婴儿也不安分,又是挥拳又是踢腿,最后脑袋往后一仰,张开没有牙齿的嘴巴,大哭起来。

"哎呀,这小家伙还有舌头呢。"

刚才哼着歌谣的男子发疯一样地大喊。大家齐声大笑,忘却了伤口的疼痛。这时,猪熊老头突然拼尽最后一丝力气,从大家身后厉声说道:"把孩子给我看看。让我看看啊!不给我看吗?喂,混蛋。"

平六用脚戳了下他的脑袋,带着威胁说道:"你想看,给你看就是了!你才是混蛋!"

平六弯腰,将婴儿随意抱到他眼前。猪熊老头瞪大浑浊的双眼,凝神看着,舍不得移开视线。看着看着,他的脸色逐渐变得蜡白,满是皱纹的眼角噙满了热泪。他颤抖的唇边洋溢着一丝怪笑,脸上肌肉松弛,呈现出从未有过的纯真表情,而且原本唠叨的他如今沉默了。大家都知道,死亡终于搞定了这个老人。然而,谁也不知道他微笑中的含义。

猪熊老头躺着,慢慢伸手,摸了摸婴儿的手指。婴儿像被针刺了一样,立刻疼痛地大哭。平六很想骂老头,又忍住了。因为他看见,老头没有一丝血色的胖脸上与往日不同，闪着让人无法侵犯的庄严表情。就连沙金也站在他面前，仿佛在等待着什么，凝视着她的养父——也是自己的情人。猪熊老头依然没有开口。但他脸上静静荡漾着某种神秘的喜悦，一如此刻吹起的黎明暖风。这时，他透过黑夜，在人眼无法到达的遥远苍穹，看到即将来临的永恒黎明。

"这孩子是……是我的孩子。"

这话说得清清楚楚。接着，他又摸了下婴儿的手指。老头的手柔弱无力，几乎掉落，一旁的沙金立刻扶住那只手。十几个强盗好像没听见这话一样，凝神不动。沙金抬头，看着抱着孩子的平六，点了点头。

"这是痰堵住的声音。"

平六自言自语，低声说道。在婴儿怕黑的啼哭声中，猪熊老头在痛苦中，如熄灭的火把一样，平静地停止了呼吸……

"老头也终于死了。"

"他如此虐待阿浓，早该死了。"

"尸体只能埋在树丛中了。"

"要是被乌鸦吃了，挺可怜的。"

天气微寒中，强盗们如此议论着。这时，远处传来微弱的鸡打鸣声，天好像快亮了。

沙金问："阿浓呢？"

"我把现有的衣服都给她盖上了，让她睡吧。瞧她那身子骨，够呛的。"平六语气关切，与往日不同。

这时，两三个人将猪熊老头的尸体抬到门外。外面依然漆黑。即将迎来黎明的暗淡月光下，树丛稀疏，轻摇枝梢。空气中的凌霄花香越发浓郁。不时传来微弱的声音，那大概是露珠从竹叶上滑落吧。

"生死事大。"

"无常迅速。"

"这张死人的脸，比活着的时候更像回事。"

"是啊，像个人样了。"

就在强盗们的议论纷纷中，猪熊老头满是血迹的尸体被深深埋入竹子和凌霄花的茂密树丛下。

九

第二天，猪熊的某户人家中，人们发现一具被残忍杀害的女人尸体。死者体态丰腴，年轻漂亮。从伤口来看，死者生前曾激烈反抗。现场留下的证据只有她口中塞着的枯黄色水干衣袖。

还有一件不可思议的事情，女仆阿浓那天也在场，却完全没有受伤。在衙门接受问讯之时，她大致说了如下供述。说大致，是因为阿浓心智低于常人，无法精准表达。

那天半夜，阿浓醒来，听到太郎、次郎两兄弟和沙金高声争吵。不知怎么回事，次郎突然拔刀，砍向沙金。沙金大呼救命，准备逃命。这时，太郎也砍了她一刀。接着，只听见两兄弟的怒斥声和沙金痛苦的呻吟声。不久沙金断气，兄弟俩突然相拥而泣，哭了很久。阿浓从板窗的缝隙窥见了这一切，她之所以不救主人，是怕怀中熟睡的孩子受到伤害。

"另外，那个次郎，是这孩子的父亲。"阿浓突然满脸通红，说道。

"后来，太郎、次郎来看我，让我保重。我给他们看了看孩子，次郎笑着摸了摸孩子的头，眼里都是泪水。我想让他们再多待一会儿。可他们急匆匆地离开了，跳上拴在枇杷树上的马，不知道跑哪儿去了。马不是两匹。我抱着孩子，从窗户看下去，月光下很清晰，他们两人骑着一匹马。后来，我没收拾主人的尸体，又上床睡了。

主人经常杀人，我已经看惯了，所以不怕死人。"

捕快终于搞明白这件事的来龙去脉，认定阿浓无罪，释放了她。

十多年后，阿浓遁入空门为尼，抚育着孩子。有一天，她看见丹后守的武士中有个男子路过，人称"骁勇之士"。别人说他叫太郎。这个男子脸上有麻子，而且也是独眼。

阿浓像少女一样娇羞地说道："要是次郎的话，我会立刻奔上前去，可那个太郎看起来怪吓人的……"这武士是否真的是太郎，无从考证。但后来又有一些传闻，说这太郎也有个弟弟，兄弟俩侍奉同一个主人。

芥川龙之介于 1917 年 4 月 20 日

浪迹天涯的犹太人

在基督教国家，到处流传着"浪迹天涯的犹太人"的传说。不论是意大利、法国、英国、德国、奥地利，还是西班牙等，基本无一例外。古往今来以此为题材的艺术作品众多。古斯塔夫·多雷[①]的画自不必说，另有尤

[①] 古斯塔夫·多雷，19世纪法国著名画家、雕刻家、插图作家。曾画过流浪的犹太人。——译者注

江·斯·德库特·库罗利也写过与此有关的小说。马修·刘易斯①的著名小说中，除了路西法②和"滴血的修女"，也让我们记住了"浪迹天涯的犹太人"。最近，别名费奥纳·马库雷奥多的威廉·夏亚夫以此为材料，创作了某短篇小说。

那么，"浪迹天涯的犹太人"讲述了什么故事呢？它描述的是，一位遭到耶稣基督诅咒的犹太人，一边等待最终审判，一边持续着永世的流浪生活。根据不同的记载，犹太人的姓名也不一致。有时叫卡路塔费尔斯，有时叫阿哈斯艾斯，有时叫布他丢斯，有时又叫伊撒克·拉库艾德姆。他的职业也因为记载的不同而说法不一。有时是耶路撒冷某公议会的守卫，有时是海盗的差役，甚至有人传言他是鞋匠。但受到诅咒的原因却大致不差：基督在被押送至各各他③时，曾在犹太人家门口稍作停留，准备休息片刻，犹太人却无情辱骂他，甚至殴打他。于是他受到基督的诅咒："我这就走，但你必须一直等

---

① 马修·格雷戈里·刘易斯，英国人，1796年出版著名哥特小说《僧侣》，英文名 The Monk，此处著名小说即指该小说。——译者注
② 路西法，宗教传说中的人物。——译者注
③ 各各他，位于耶路撒冷西北郊。相传为耶稣基督死难之地。耶稣基督被钉的十字架就在各各他山上。——译者注

到我再回来！"后来，就像保罗[①]一样，犹太人也接受了亚拿尼亚[②]的洗礼，获得"约瑟夫"之名。然而，一旦受到诅咒，直至世界灭亡都无法解除。有人说，1721年6月22日他出现在慕尼黑，这在霍鲁玛耶尔[③]的手册曾有记载——

这些都是相对较近发生的事，但即便查询古老文献，也能随处发现与他有关的记录。最早的记录，恐怕便是马西·帕利思编撰的《圣奥尔本斯[④]修道院年代记》中记载之事了。该记载显示，大亚美尼亚王国[⑤]大主教访问圣奥尔本斯时，其骑士翻译提及，主教在亚美尼亚经常与"浪迹天涯的犹太人"一起用餐。此外，在佛兰德[⑥]历史学家菲利普·幕思克于1242年撰写的韵文年代记中，也有同样记载。因此，13世纪前犹太人似乎并未游走欧洲各地，至少未引起人们注意。然而，1505年波西米亚有一名叫可可特的织布匠，他借助犹太人之力挖掘出其祖父60年

---

① 保罗，基督教传教士。——译者注
② 亚拿尼亚，耶路撒冷教会信徒，曾为保罗洗礼。——译者注
③ 霍鲁玛耶尔，德国政治家、历史学家。——译者注
④ 圣奥尔本斯，英格兰赫特福德郡一镇。——译者注
⑤ 大亚美尼亚王国，存在于公元321年到428年。——译者注
⑥ 佛兰德，西欧的历史地名，泛指西欧低地西南部、北海沿岸的古代尼德兰南部地区等。——译者注

前所埋的宝藏。除此以外，1547年石勒苏益格①大主教保尔·冯·阿侬采在汉堡教会遇到犹太人在做祷告。从那以后到18世纪初，犹太人的身影游走于南北欧，与此有关的记载有很多。此处仅列举最确切的例子。他1575年出现在马德里，1599年出现在维也纳，1601年则出现在利佩茨克、雷维尔和克拉科夫三处。路道夫·波特雷思猜测，1604年前后，他曾现身巴黎，后经瑙姆堡②和布鲁塞尔，来到莱比锡③。据说1658年，斯坦福一位叫萨姆艾尔·奥利斯的男子身染肺病，犹太人告诉他一个可以康复的秘方：两片红色鼠尾草④叶加上一片羊蹄叶，混入啤酒喝。后来，犹太人途经慕尼黑，再次去往英国，在那儿回答了剑桥大学和牛津大学教授们的疑问。其后，由丹麦到了瑞典，后来便不知去向。直到现在，杳无音讯。

"浪迹天涯的犹太人"是何许人士？他曾有怎样的历史？通过上述描述，我想各位已经大致有数。但我的目的不仅仅只是告诉大家这些。我还想告诉大家，关于

---

① 石勒苏益格，包含现今丹麦南部70公里和德国北部60公里领土的地区。——译者注
② 瑙姆堡，德国著名古城之一。——译者注
③ 莱比锡，德国东部城市。——译者注
④ 红色鼠尾草，鼠尾草属植物。——译者注

传说人物，我曾有两个疑问。然而通过之前偶获的古文书籍查证之后，这两个疑问均已解决。我想一并公开古文书籍的相关内容。那么首先，我曾有哪两个疑问呢？

第一个疑问完全关乎事实。"浪迹天涯的犹太人"几乎在所有基督教国家都出现过。那他是否来过日本？这里我们先不谈当代日本。14世纪后期，日本西南部的住民基本都信奉天主教。由特路布洛东方系列书籍可以查知，16世纪初，法蒂拉率领阿拉伯骑兵攻陷埃尔班市时，"浪迹天涯的犹太人"便出现在阵营中，一直为法蒂拉祈祷"神力无上"。他的足迹显然已到东方。日本当时正值封建时代，被称为大名的日本贵族们胸戴黄金十字架，口中念着"我主"祷文。大名的夫人们手握珊瑚念珠，跪在圣母玛利亚像前祷告。因此，"浪迹天涯的犹太人"无疑早已到了日本。更普遍的说法是，当时的日本人产生了疑惑，犹太人的传说是否如同钻石和罗面琴[①]一样并未传入。

与第一个问题相比，第二个问题性质不同。"浪迹天涯的犹太人"因为侮辱了耶稣基督，才背负了永远颠沛流离的命运。然而耶稣基督被钉十字架之时，折磨他

---

① 日本室町时代，葡萄牙传入的一种三弦琴。——译者注

的并不只有这名犹太人。有人给他戴上荆棘头冠,有人给他缠上紫衣,甚至有人在十字架上钉上I·N·R·I的牌子。扔石块、吐唾沫者数不胜数。为何只有犹太人一人受到基督的诅咒呢?是不是有什么特殊原因呢?这是我的第二个疑问。

多年来,针对这两个问题,我一直广泛涉猎东西方古文书籍,却没有发现任何线索。但是有关"浪迹天涯的犹太人"的文献却非常多。我想遍览相关文献,在日本却完全不可能。我甚至担心自己永远解不开谜团。去年秋天,我一度陷入绝望。于是,我破釜沉舟,走遍两肥①、平户②、天草③的诸多岛屿,收集古文书籍。最后,我偶获一本文禄④年间的抄本,在其中发现了有关"浪迹天涯的犹太人"的传说。我无暇在此讲述该古文书籍的鉴定等其他情况。我只写清楚,这不过是一份简单的备忘录,原封不动记录了当时天主教徒的口述。

据记载,"浪迹天涯的犹太人"在平户至九州本土

---

① 两肥,肥前国与肥后国,现日本九州部分地区。——译者注
② 平户,现日本长崎部分地区。——译者注
③ 天草,现日本熊本部分地区。——译者注
④ 文禄(1592—1596),日本后阳成天皇的第二个年号。——译者注

的渡船上邂逅了方济各·沙勿略[①]。方济各有个侍从叫西梅欧传教士。西梅欧最先描述了当时的场景,后在信徒中传开,渐渐传遍八方,终于在几十年后传入记录者耳中。如果照搬作者的描述,那么"方济各神父与犹太人的问答"可称为当时天主教徒间的著名故事之一,并常被用作传教材料。这里,我简要介绍该记录的内容,同时引用两三段原文,同大家分享谜团解开的喜悦:

首先,记录中提到,渡船里"装有各种各样的特色水果"。因此,我推测当时应该是秋天。后面还提到了无花果等信息,这些更是秋季的有力证明。另外,似乎也没有他人一起坐船。时间恰好是中午。在进入正文前,作者只写了这么多。如果读者想复原当时的情景,只能根据记录中残留的少量信息加入自己的个人想象。比如,阳光照耀下,海面反射出鱼鳞一般的光芒。渡船中装有无花果和石榴,三个西洋人坐在船舱中热烈交谈。然而,我不过是一介学者,没法真实生动地描绘出这些景象。

如果读者觉得很难想象,可以参考贝克所著《斯坦福的历史》一书。我大概介绍一下书中所述"浪迹天涯的犹太人"的服装,或许可以有效激发读者的想象力。

[①] 方济各·沙勿略,天主教神父。曾于16世纪去往日本。——译者注

贝克是这么描述的:"他身穿紫色上衣,纽扣扣至腰部。裤子也是紫色的,看上去并不旧。袜子是纯白色的,看不出是亚麻还是毛绒。胡须和头发花白。手中拄着白色拐杖。"这是上文所述身患肺病的萨姆艾尔·奥利斯亲眼所见,贝克将此一一记录下来。因此,遇见方济各·沙勿略神父之时,犹太人应该也穿着类似的服装。

那如何判断这就是"浪迹天涯的犹太人"呢?"因为神父祈祷之时,那人也在毕恭毕敬地祷告。"据说是方济各神父首先和他搭话的。但交谈后发现,这人非等闲之辈。不管是说话内容还是谈吐,都和当时漂泊东方的冒险家和旅行家不一样。"此人对天竺南蛮的古今之事了如指掌。""西梅欧传教士自不必说,连方济各神父也瞠目结舌。"神父询问:"你来自何方?"犹太人回答:"我是漂泊无定所的犹太人。"刚开始,神父怀疑过他身份的真假。记载中写道,神父问他是否向天神起誓,犹太人说会起誓,神父表示认同并问了他很多问题。从问答中可以发现,神父最初只询问了历史事实,完全没有涉及宗教问题。

从乌路斯拉神父与一万一千童贞少女"为主献身"谈起,讲到帕特里克神父洗净罪恶的传说,又聊到《使徒行传》①中的故事,最终谈到耶稣基督在各各他背上十字架之事。进入此话题之前,神父恰好让船夫将无花果分盘,与"浪迹天涯的犹太人"一起品尝。我上面谈及季节之时引用了这个证据,这里再写出来,其实没有太大意义。他们的问答大致如下。

神父问:"我主耶稣受难之时,你是不是在耶路撒冷?"

犹太人答:"是的,我在现场看着主受难。我曾叫约瑟夫,住在耶路撒冷,是一名鞋匠。那天我主惨遭皮拉特殿下审判,我却立刻叫全家人到门口观看。实在是罪恶,我们居然眼睁睁地笑看我主受难。"

据记载,在疯狂的人群中,法利赛人②和祭司的看守之下,耶稣基督背着十字架,跟着人群踉跄而行。基督肩披紫衣,头戴荆棘头冠,手脚上满是红色的鞭伤和刀伤,如同荆棘的颜色。只有那双眼睛毫无变化。"主一如既往的蓝澈眼睛",不悲不喜,超越万物,表情特别。就连不信"拿撒勒③木匠之子"之说的犹太人,心中也留下了特别印象。用他自己的话来说:"那时候,看到主

---

① 《使徒行传》,《圣经》新约的一卷书,记载了耶稣复活、升天后,他的使徒们传道、殉教的事迹等。——译者注
② 法利赛人,基督时代犹太教的戒律主义者。——译者注
③ 拿撒勒,耶稣故乡。耶稣的父亲约瑟为拿撒勒的一名木匠。——译者注

的眼神，心中觉得亲切。大约因为那目光很像自己已去世的哥哥。"

那时，基督满身尘土与汗渍，经过犹太人家门口时停了下来，想休息一会儿。门口有扎着鞣皮皮带、留着长指甲的法利赛信徒，还有头上撒着青粉、散发着一股甘松香味的娼妇。或许还有罗马官兵手持的盾牌，在耀眼烈日的照射下，左右两面锃亮发光。但记录之中只写着"有很多人"。"在众人面前，犹太人向祭司们拼命卖弄忠心"，他发现基督停下了脚步，便一手抱着孩子，另一只手抓住耶稣的肩膀粗野摇晃："一会儿慢慢把你钉到十字架上，咒骂你受死，并且举起手臂揍你。"

这时，基督静静地抬头，责备地看着犹太人。那眼神犹如他已去世的哥哥，庄重严肃。犹太人看着耶稣的眼睛，仿佛听见"我这就走，但你必须一直等到我再回来"。刹那间如同烈火一般，一下子燃烧到他的内心。基督究竟有没有这么说，犹太人自己也搞不清。但他担心"如此诅咒若传入耳中，自己定然坐立不安"。他举起的双手自然垂下，心中的憎恨自然消失。他怀抱着孩子，情不自禁地跪在大街上，惶恐地用嘴唇去触碰剥去指甲的基督的脚。然而一切已晚。在官兵们的驱赶之下，基督已经离开他家门口五六步远。犹太人一片茫然,眼看着基督那紫色的衣袍渐渐消失在人群中。同时他感到一股难以言状的后悔之情在心里搅动不已,但不会有人同情他。他的妻儿都认为,这种行为和戴上荆棘头冠一样,是对基督的侮辱。当然,街上的行人也觉得好笑,嘲笑着他。耶路撒冷的烈日之下,石头被晒得焦烫,漫天飞舞的黄沙之中,犹太人含泪一动不动,久久跪于路边,连妻子抱走了怀中的孩子也没察觉到……

"耶路撒冷可谓大矣,但知道侮辱我主的罪过之人,恐怕只有我一人。我知道犯下的罪过,才受到那样的诅咒。犯下罪过却浑然不知者,天罚不会降临。也就是说,将主钉于十字架的罪过由我独自承担。正因为接受惩罚,所以才会有救赎。而接受惩罚后不久得到主拯救之人,也只有我莫属。知罪之人,会遭惩罚,也会得到救赎。"记载的最后部分,犹太人解答了我的第二个疑问。这里没有必要确认回答的真假。不管怎样,我已经有了答案,心满意足。

如果有人在古文书籍中,发现有关"浪迹天涯的犹太人"的信息,能够解答我疑问的话,希望能不吝赐教,为我解答。我原本想列举上面内容所引用的书目,将本文内容补全，不巧的是，已无多余空间。我只能简单介绍贝林古特的说法，"浪迹天涯的犹太人"传记源自《马太传》第16章第28节以及《马可传》第9章第1节。

就此搁笔。

芥川龙之介于1917年5月10日

大石内藏助[①] 的一天

阳光明媚,洒在紧闭的拉门之上。孤傲老梅,树影若峰,明艳如画,映于拉门,从左到右,长约数丈。原

[①] 大石内藏助,即大石良雄(1659—1703),也称大石内藏助良雄,下文简称内藏助,日本家喻户晓的元禄赤穗事件的主人公。为了替主复仇,忍辱负重,故作放浪姿态迷惑仇敌,最终取得成功。——译者注

浅野内匠头[①]家臣——暂居细川家的大石内藏助良雄,背对拉门,正襟危坐,专心看书。所阅之书可能是《三国志》中的某本,为细川家某家臣所借。

连同自己,屋内原有九人。片冈源五右卫门方才去如厕了。早水藤左卫门去下房议事,至今未归。只剩下吉田忠左卫门、原惣右卫门、间濑久太夫、小野寺十内、堀部弥兵卫、间喜兵卫六人,都是五十多岁的老人。他们似乎忘却了拉门上的细碎阳光,有人在认真看书,有人在奋笔写信。初春时分,屋里乍暖还寒,寂静无声。偶尔传来几声轻咳,满室墨香依旧。

内藏助时而从《三国志》上移开视线,望着远方,静静伸手在火盆上方取暖。火盆上罩着铁丝网。炭盆底部,赤焰正旺,微映炭灰。感受着火苗的温暖,内藏助心中平静而又满足。去年腊月十五为故主报仇雪恨,撤到泉岳寺之时,他曾吟诵"舍身复仇心快哉,世上明月无云遮",仿佛那时心满意足的心情又回来了。

退出赤穗城以来,已近两年。这两年来,他殚精竭虑,

[①] 浅野内匠头,即浅野长矩,日本江户时代赤穗藩藩主。因数次遭到幕臣吉良捉弄,怒而砍伤吉良,当天被迫剖腹自杀,领地被没收。大石内藏助原为其家臣之首,故主死后,率浅野家臣46人杀死吉良,为故主复了仇。——译者注

苦心谋划，满腹焦虑。光是劝阻冲动急躁的同党，让大家耐心等待良机，他就操碎了心。加之仇人的奸细还在不断窥探他的一举一动，他佯装堕落，蒙骗奸细，还得打消同伴的疑虑，防止他们怀疑自己。忆往昔，在山科[①]与圆山[②]用心谋划，此情此景仍历历在目，当时的苦衷再度涌上心头。如今，一切皆已尘埃落定。

若说未了之事，那便是朝廷对一伙四十七人的处理了。但这不会让人等太久。是啊，一切都已尘埃落定。不仅一举复仇，如此之圆满完全达到他的道德期望。完成事业，发扬道德，他感到心满意足。不论复仇目的还是手段，这样的满足都无愧良心。对他来说，没有比这些更让人满意的了……

内藏助这么想着，不由舒展眉头。吉田忠左卫门似乎看书看乏了，将书放在膝盖上，正用手比画习字。内藏助隔着火盆向他搭话："今天很暖和啊。"

"是啊。太暖和了。这么待着，暖暖的让人犯困呢。"

内藏助露出一丝微笑。他突然想到今年元旦，富森

---

① 山科，日本京都东山区地名。——译者注
② 圆山，日本京都东山区的日式公园。——译者注

助右卫门喝了三杯屠苏酒[①]便醉了,吟诵"又逢早春时分,纵醉酒心无悔,武士已如愿"。这句诗很符合内藏助此刻的满足。

"达成心愿,到底松了口气吧。"

"是啊,确是如此。"

忠左卫门拿起手里的烟管,斯文地吸了一口。早春午后,明朗寂静。烟雾在空中稍作停留,化为青烟,消失不见。

"能过上这样的悠哉日子,咱们想都没想过啊。"

"是啊。我做梦都没想到能再遇春天。"

"看来,我们俩都很幸运呢。"

两人相视而笑,心满意足。这时,内藏助身后的拉门上出现了一个人影。那人影伸手去拉门,而后消失,身材健硕的早水藤左卫门出现了。早春的明媚阳光下,如果不是他的到来,恐怕内藏助仍沉浸在自豪与满足中。但是,带着莫测微笑、面色红润的藤左卫门毫不客气地将两人拉回了现实世界。当然,这一点他俩此刻还未察觉。

"今天下房里面很热闹啊。"

忠左卫门说着又吸了一口烟。

[①] 屠苏酒,由山椒、桔梗、肉桂等原料制成。从中国传入日本后,在日本流传至今。日本新年从喝屠苏酒开始,用于祛除一年的晦气。——译者注

"今天是传右卫门值班，所以话特别多。片冈他们刚才也去了，而后就一直在那儿坐着了。"

"难怪来晚了呢。"

忠左卫门被烟呛了一口，苦笑着。这时，奋笔疾书的小野寺十内似乎想到了什么，抬了抬头，很快又看回纸上，继续写着。他大概在给京都的妻女写信吧。内藏助眯眼笑问："有何趣闻吗？"

"没有，尽是瞎扯。不过，近松刚才提到甚三郎之事，传右卫门他们都含着眼泪。其他嘛——哦，对了，有几件趣闻。据说自我们取了吉良性命后，江户城里开始流行复仇之事。"

"啊？这真是出乎意料。"

忠左卫门面露诧异之色，看向藤左卫门。藤左卫门向人讲述此事之时，不知何故如此得意。

"我还听说了几件类似之事。其中最好笑的发生在南八丁堀的凑町附近。事情的起因是，附近米店的老板与隔壁染房的工匠在澡堂吵起来了。因为鸡毛蒜皮的事，好像是洗澡水溅到谁身上了。结果，染房工匠用桶将米店老板暴揍了一顿。于是，米店的学徒怀恨在心，傍晚潜伏在工匠路过之处，突然用铁钩砸向染匠肩膀。据说他砸的时候还高呼着'让你见识见识,我要为主人报仇'。"

藤左卫门比画着,笑着说道:

"那真是一通胡闹啊。"

"据说那工匠受了重伤。哪怕这样,周围的邻居们依然认为学徒做得对。奇怪吧?另外,通町三巷也发生了这样的事,新麹町二巷也有。总之,到处都是类似事件。大家说这是效仿我们,是不是很可笑?"

藤左卫门和忠左卫门相视一笑。听到复仇之举影响了江户民众,哪怕是芝麻小事,也是令人愉悦的。只有内藏助沉默不语,他用手撑着额头,一脸无聊。藤左卫门所言,让他本无限满足的内心笼上了一层微妙的阴云。他自然不需要对自己行为引起的所有结果负责任。自他们复仇成功以来,江户城中刮起复仇之风,但与他的良心毫无关系。话虽如此,他内心春天般的温暖也减退了几分。

事实上,他当时只是略感惊讶,未料到他们的行动会意外影响到那里。如果是平时的他,会与藤左卫门和忠左卫门一笑而过。但如今,心满意足的内心土壤却埋下了不快的种子。这可能是因为,他的满足实际上不合逻辑,肯定自己的行为和一切后果其实是一种自私。当然,当时他心中完全没有如此深入思考。他只是感到春风中夹杂了一丝冰冷，让他莫名不悦。

但是，内藏助未笑之事并未引起这两人的注意。藤左卫门这样的憨厚之人肯定觉得，自己感兴趣的话题内藏助也一定喜欢吧。所以，他亲身前往下房，特地叫来当天值班的细川家家臣——堀内传右卫门。做事勤恳的藤左卫门回头看看忠左卫门，说道"我去把传右卫门叫来吧"，匆匆忙忙打开拉门，轻松愉悦地往下房去了。不一会儿工夫，他又笑呵呵地回来了，和他一起得意扬扬过来的是外观木讷的传右卫门。

"哎呀，劳烦您亲自跑一趟，真是诚惶诚恐啊。"

忠左卫门看到传右卫门来了，立马微笑着代替内藏助寒暄。传右卫门性格朴实、为人直率。自住到这里开始，忠左卫门等人就与他结下了故友一般的友情。

"早水兄非要我过来，我还怕过来打扰大家呢。"

传右卫门一坐下，便挑动了一下粗眉，晒得黝黑的面部肌肉似笑非笑地抽动，环视房内的所有人。接着，他便与看书的人、写字的人一个个寒暄。内藏助也和他热情地打了招呼。其中，让人好笑的是堀部弥兵卫，他面前放着未读完的《太平记》①，正戴着眼镜打盹。此时，他睁开双眼，慌忙摘掉眼镜，恭敬地鞠躬。连间喜兵卫也被逗乐了，他转向旁边的屏风，强忍笑意。

"传右卫门老爷是不是讨厌老年人，总不来我们这里。"

虽然内藏助内心有所波动，但心满意足之感仍在心底暖暖流淌。因此，他一反常态，流利地问道。

"不，不是这样的。那里的人总是挽留我，不知不觉就聊过头了。"

"我刚听说，您讲了很有趣的事情呢。"忠左卫门在旁插话说道。

"有趣的事情？是指什么？"

"就是江户城中效仿复仇之事呀。"

藤左卫门笑着说道，看看传右卫门，又看看内藏助。

"啊，是那件事啊。人情真的很奇妙，连老百姓都被你们的忠义感染了，纷纷效仿。不知道从上到下的堕落风气能改变多少。正好，现在流行的尽是没人愿看的东西，比如净琉璃、歌舞伎剧之类，因此，此乃上等时机。"

接着，对话的内容又变成内藏助不感兴趣的方面。于是，他故意稳重谦卑地讲了一些话，巧妙地转换话题。

---

① 《太平记》，日本14世纪的小说。——译者注

"谢谢您夸赞我们的忠义,但在我看来,首先感到的却是耻辱。"

他说完,环望着在座之人。

"究其原因,赤穗藩虽然人多,可是正如您所见,这里都是身份低微的小人物。尤其是奥野将监①番头②,曾经参与了我们的磋商,却中途变卦脱离集体,只能说非常遗憾。另外,新藤源四郎、河村传兵卫、小山源五左卫门等都比原惣右卫门地位高,佐佐小左卫门等也比吉田忠左卫门地位高。然而,这些人都在行动前变卦了。其中还有我的亲属。如此看来,我们自然会感到耻辱。"

内藏助说出这一番话,室内的空气仿佛凝固了一般。先前的轻快氛围消失了,突然严肃起来。从这点来看,内藏助确实如愿了,他按照自己的意愿扭转了话题。至于转换后的话题是否令他愉悦,那就另当别论了。

听了他的感言,早水藤左卫门首先握紧拳头,在膝盖上蹭了两三下,说道:

"那群家伙禽兽不如。他们没人能配得上武士的资格。"

"就是。像高田群兵卫之流,连畜生都不如。"

---

① 将监,日本古代官府判官。——译者注
② 番头,日本江户时代宫中的警卫负责人。——译者注

忠左卫门扬眉看向堀部弥兵卫，似乎在寻求认可。

素来热血的弥兵卫自然不会沉默：

"撤兵那日一早，我看到那家伙时，向他啐了口唾沫。但根本无法消除心中之恨。因为他不要脸地跑到我们跟前说'愿望实现了，真是可喜可贺啊'这样的话。"

"高田这家伙居然这样，小山田庄左卫门之类也不是好东西。"

间濑久太夫自言自语。原惣右卫门、小野寺十内也开始附和，破口大骂这些叛徒。就连满头白发、平日寡言的间喜兵卫，虽不开口，也不断点头表示认同。

"不管怎么样，真是想不到，同属一个藩，既有你们这样的忠臣，又有那般无耻之徒。武士自不必说，连老百姓也咒骂那些个无功受禄的东西。冈林杢之助虽然去年剖腹自杀了，但据说也是亲戚们商议后逼得他自杀的。纵然没有自杀，事到如今，恐怕难免污名。别人更是如此。江户民众效仿复仇，见义勇为。老百姓早就心怀怨恨，也许会把那些家伙给斩首了。"

传右卫门仿佛置身其中，慷慨激昂地说道。看他那气势，好像铲除异己是他当仁不让之事一般。受到他的煽动，吉田、原惣、早水、堀部一个个义愤填膺，越来越激动，怒斥乱臣贼子。只有内藏助一人，双手置于膝盖，话越来越少，无聊地望着火盆发呆。

他发现了一个新的事实：变换话题的结果是，借着痛斥叛变的昔日旧识，他们的忠义得到了更多的赞扬。这时，他心中吹过的暖暖春风又冷却了几分。当然，他并非为了扭转话题，才惋惜叛徒。实际上，对他们的叛变行为，他感到遗憾和不快。他怜悯这些不忠的武士，却并不憎恨。他亲眼看过也亲身体验过人情冷暖与世事变化，因此，他觉得这些人临时变卦很正常。如果可以使用"率真"一词，那真是率真到让人可怜。他对那些人的宽容态度自始未变。而在已经复仇的今日，对于那些逆贼也只有怜悯一笑而已。世人似乎觉得杀了他们也不足以解恨。为什么为了将我们捧为忠义之士，就必须将他们视为畜生呢？我们和他们并无多大的差别。——复仇给江户城中人们带来的影响让内藏助感到不快。另一方面，从传右卫门代表的民众舆论中，他又发现背叛者所遭受的影响。因此，内藏助脸色不好并非偶然。

除此以外，还有事情让内藏助更加不快。

传右卫门看到他沉默不语，猜测他是态度谦虚，于是更加钦佩他的人品。为表达敬佩,这位淳朴的肥后[①]武士突然硬转话题,开始盛赞内藏助的忠义。

"我曾听一位智者说过,中国有位武士,为了替主公报仇,吞下炭火致哑也在所不惜。但是,他的苦楚比不上您啊。您曾伪装成放荡之人,实则内心煎熬。"

传右卫门说了这些开场白,随后滔滔不绝地讲述一年前内藏助佯装放荡时的轶闻。内藏助当时去高尾[②]和爱宕[③]赏红叶,他装疯卖傻,其实痛苦无比。岛原[④]和祇园[⑤]赏樱宴上,他实施苦肉之计,又是多么煎熬……

"听说那时的京都还流传着'纸糊之石,无用草包'的歌谣。能把天下人骗到那地步,不下足功夫是做不到的。刚才天野弥左卫门称赞您沉着勇敢,果不其然。"

"不,那并非多了不起的事。"内藏助勉强应答。

内藏助谦虚的态度,让传右卫门意犹未尽。同时,他越发觉得内藏助无比高尚。他本来一直面朝内藏助,这时转向长期在京都执勤的小野寺十内,毫不掩饰对内

---

① 肥后,日本旧国名,现在日本熊本县。——译者注
② 高尾,京都赏红叶的胜地。——译者注
③ 爱宕,京都西北部的一座山。——译者注
④ 岛原,京都下京区西部。——译者注
⑤ 祇园,京都名胜之地。——译者注

藏助的钦佩之意。他热情似火,如同孩童,连深谙世故又有名望的小野寺十内也觉得好笑,同时又觉得可爱。他接过传右卫门的话,详细讲述了另一件事——当时,为了蒙蔽仇人奸细的耳目,内藏助经常穿着外袍去找"升屋"店里的妓女"夕雾"。

"那么一本正经的内藏助,当时还作了一首歌,叫《故乡风情》。这歌特别受欢迎,在烟花巷中风靡一时。当时,祇园樱花散落之时,内藏助穿着墨染外袍,醉醺醺游荡。难怪这小曲能成名,难怪内藏助的放荡能广为人知。不管是'夕雾'还是'浮桥',岛原和撞木町①的著名妓女中,提到内藏助,都抢着殷勤接待。"

听见小野寺十内的描述,内藏助感觉被侮辱了,心中苦涩万分。同时,昔日游戏人生的场景再度浮现在眼前。对他而言,这段记忆色彩鲜明,记忆犹新,又让人不可思议。

在那段回忆中,他仿佛又看到了长蜡烛的光芒,闻到了沉香油的芬芳,听到了加贺三味线小曲。他的脑中又浮现出刚才提到的《故乡风情》的歌词"泪滴湿红袖,蒲叶露水缘",还有仿佛来自东宫的女子——"夕雾"

---

① 撞木町,京都有名的烟花巷。——译者注

与"浮桥"那多情妖娆的身影。他是如何尽情享受这记忆中的放荡生活，这般放浪中，他又是如何忘却复仇之事，享受那瞬间的愉悦的。他是个坦率之人，不愿欺骗自我、否定事实。对于精于人性的他来说，这是做梦都不会想的不道德之事。将他的一切放荡都视为忠义，并大加褒扬，这让他心中不快，也很内疚。

内藏助这么想着，所以因苦肉计又被褒扬时，他自然面露苦涩。经过再度打击，他心中所剩无几的和煦春风眼看着荡然无存。最后留下的只有冰冷的阴影：他反感所有的误解，也反感愚钝的自我，自己没能预料到之后会招致的误解。他的复仇，他的同伴，还有他自己，或许会在一片盛赞声中流传后世。面对这让人不快的事实，他将手靠近快熄火的火盆，避开传右卫门的眼神，叹了口气。

几分钟后，内藏助借口上厕所，离开座位。他独倚廊柱，古老的庭院中，青苔与石头之间，寒梅老树正傲然开花。日色渐薄，院中竹影映出那夜色茫茫。拉门之中，那几人仍在兴致勃勃地聊天。听着听着，他感到心中笼上了一丝哀伤，伴着寒梅清香，沁入心扉。这种难以形容的孤独感究竟从何而来？内藏助仰望着如同镶嵌在碧空中的坚挺寒梅，一动不动，久久伫立。

芥川龙之介于1917年8月15日

两　封　信

　　通过某个机会，我得到了下面两封信。一封写于今年 2 月中旬，一封写于 3 月上旬。收件人均为警察署长，已预付邮费。为何我在此公开信件，阅信内容便可知晓。

第一封信

警察署长阁下：

首先，请阁下务必相信，我一身正气。我愿向各方神圣发誓保证，因此请相信我精神无比正常，否则，我给您写信可能毫无意义。那么，我究竟为何苦恼，写下此封长信呢？

阁下，落笔写信前，我心中经过了一番挣扎。为何如此？因为写下此信，就得将我家的秘密告知于您。这无疑将严重损坏我的名誉。但若不写，我每分每秒都在痛苦中煎熬。如今，我不再犹豫，痛下决心。

迫于这些原因，我写下此信。为何被人视作疯子却默不作声？我再一次请求阁下，请坚信我的正直。我将我与妻子的名誉赌于此信，因此希望您能拨冗阅信。

我啰啰嗦嗦写了这么多，对于事务繁忙的阁下来说，徒增您的负担，然而实属无奈之举。但我信中所述事实能让阁下相信我的正派为人，否则您如何才能相信这超自然事实呢？又怎么能认同这创造性精力的奇怪作用呢？我请阁下留意的事件中存在着让人匪夷所思的元素。

因此，我斗胆向阁下提出上面的请求。另外，我所写之事，难免被人讥笑，但一方面能证明我的精神无异，一方面也能让人知道这样的事情并非现今才有。因此，我认为这是有必要的。

历史上最著名的实例之一，也许就是发生在叶卡捷琳娜女皇①身上的事了。另外发生在歌德身上的事也不亚于此。这些实例脍炙人口，人尽皆知，此处我不再赘述。我另举两三个权威实例，尽可能简短解释这种神秘事实的性质。首先从维尔纳医生所举之例说起。据他描述，路德维希堡②一名名叫雷策尔的宝石商人，某日夜晚穿过街角之时，与一名和自己完全一样的男子迎头碰上。不久，雷策尔帮人砍槲树时，被砍下的树压死了。与此相似的事发生在德国罗斯托克③的数学教授贝克身上。某晚，贝克和五六个朋友热烈讨论神学问题，由于需要参考某本书，于是他便独自一人去书房取书。就在这时，在自己平日的座椅上，他看到另一个自己正坐着看书。贝克十

---

① 叶卡捷琳娜女皇（1729—1796），俄罗斯帝国女皇。在位期间使俄罗斯成为欧洲最强大国家，被尊称为"大帝"，俄罗斯帝国历史上两位大帝之一。——译者注
② 路德维希堡，德国小城市。——译者注
③ 罗斯托克，位于德国北部，是梅克伦堡－前波莫瑞州最大的城市。——译者注

分惊讶,越过那人肩膀瞥了一眼书本。那是一本《圣经》。那人的右手指着其中一章,写着"去准备你的坟墓吧,你的死期将到"。贝克回到朋友们所在的房间,将死期将至一事告知。最后果然灵验,次日下午6点,他静静死去。

如此看来,"二重身"的出现预示着死亡。但也并非百分之百。维尔纳医生还记录了这样一件事:迪莱纽丝夫人和她6岁的儿子以及小姑子三人,一起看到迪莱纽丝夫人身着黑衣的幻影。后来却什么事也未发生。这是第三者亲眼看见"二重身"的实例。另外,斯第林教授提到了名叫托里普林的魏玛①官员的实例,还有他认识的某M夫人的实例,说到底都应归属此类。

进一步寻找只有第三者目睹的"二重身"实例,发现真有不少。据说维尔纳医生曾亲眼看见女佣的幻影。另外,乌尔姆②高等法院院长弗雷泽曾力证,称他的某位官员朋友在自己的书斋里看到儿子身影,而他儿子其实身在哥廷根③……此外,《幽灵性质相关探究》的作者列举实例,在卡姆巴兰德的克格林顿教会区,七岁女童发现其父的

---

① 魏玛,德国小城市,拥有众多文化古迹,曾是德国文化中心。——译者注
② 乌尔姆,德国巴登-符腾堡州的城市,位于多瑙河畔。——译者注
③ 哥廷根,德国下萨克森州的城市。——译者注

幻影；《自然黑暗面》的作者举出实例，某科学家兼艺术家H先生在1792年3月12日晚，发现其叔父的幻影。这样的例子，数不胜数。

若举更多例子，我怕浪费阁下的宝贵时间。我只希望阁下了解这些铁板钉钉的事实，否则您可能认为我所言毫无根据，愚蠢之极。为何如此说，因为我也为自己的"二重身"所折磨。这正是我请求阁下的一个原因。

我刚写了我曾有"二重身"经历。细细说来，是我和妻子的"二重身"。我叫佐佐木信一郎，今年35岁，现居本区××町××丁目××号，东京帝国文科大学哲学系毕业后一直担任某私立大学伦理兼英语教师。妻子名叫总子，今年27岁，四年前与我结婚，我们膝下无子女。这里，我想特别告诉阁下，总子患有癔病。我们结婚前后，她的病情异常严重，有段时间她重度抑郁，甚至无法和我语言沟通。但这几年很少发作，性格也比以前开朗许多。然而从去年秋天开始，她的精神状态似乎又出现了波动。最近经常言行反常，令我十分痛苦。为何我要将妻子病情告知阁下呢？因为这与我对奇怪现象的阐述有关，后面我会详细解说。

我和妻子的"二重身"现象究竟是怎么回事？至今

大概发生了三次。我参考自己的日记，今天尽可能准确详细地告诉阁下。

第一次是去年11月7日晚9点到9点半左右。那天我和总子一起去看了有乐座①的慈善演艺会。其实门票是朋友给我们的，因为朋友夫妇有事无法参加，于是便好心将票给了我们。演艺会的事，没有必要啰嗦。其实我对音乐、舞蹈向来无感，完全是为了总子才去的，因此大部分节目只是增加了我的无聊而已。即使让我谈一谈演艺会，我也无话可说。但我印象中，在幕间休息前有宽永御前试合②。你可能会担心当时的我是否期盼异常之事的发生，是否有心理准备？然而这样的悬念在听完宽永御前试合后消失殆尽。

幕间休息时，我去往走廊。因为想小便，我便将妻子一个人留在那里。狭小的走廊里，那时到处是人。上完厕所后，我穿过人海回来。弧形走廊一直延伸到正门。我的视线很自然地落在正倚靠在对面走廊墙壁边的妻子身上。灯火通明，妻子眼神低垂，向我这头侧着脸，静

---

① 有乐座，东京的有名剧院。——译者注
② 宽永御前试合，宽永年间，德川忠长举行激烈比式，以真剑取代惯例的木刀，22位剑士为此拼上了性命。——译者注

静伫立，一切并无异样。然而，就在这恐怖瞬间，我的视觉、理性几乎完全被摧毁。我似乎看到妻子身旁有一位男子，正背对着我站着。与其说是个偶然，不如说源于某种超越人类智力范畴的隐蔽原因。

阁下，在那时的那位男子身上，我才开始认识我自己。

"第二个我"和"真正的我"一样，身着同款和服外套以及裙裤，连姿势都和"真正的我"完全一样。如果当时他转过来，脸估计长得也和我一模一样。我不知如何形容当时的心理活动。四周人来人往，络绎不绝。我头顶之上，众多电灯泡锃亮，宛如白日。可以这么说，我的前后左右充满了神秘而又无法共存之物。就在这样的外界环境中，我突然亲眼看见"真正的我"以外的"第二个我"。因此，我越发震惊，也越觉恐怖。若不是妻子抬头瞥了我一眼，我很可能会大声呼喊，将周围注意力吸引到这奇怪的幻影上来。

但幸运的是，妻子的视线与我相逢。就在这时，如同龟裂的玻璃一般，"第二个我"迅速从我眼前消失。仿佛梦游症患者一般，我茫然走到妻子身旁。但是妻子并未看到我的"二重身"。我走到身旁时，她如以往一样说道："你去了好久呀。"然后看到我的脸，又担心地问道，"你怎么了？"我当时肯定面如死灰。我边擦冷汗边纠结，要不要把刚才所见的超自然现象告知妻子，但是，看着妻子那么担心，我更无法说出口。于是我决定，为了不让妻子和我一样担心，绝口不提此事。

阁下，若是妻子不爱我或者我不爱妻子，又怎能下此决心？我很坚定地认为，直到今天，我们夫妻一直深爱着对方。可是世人却并不这么认为。阁下，世人认为妻子并不爱我。这是恐怖之事，耻辱至极。对我而言，否定我爱妻子就是极度的屈辱。世间小人更是得寸进尺，他们甚至开始怀疑妻子的清白。

我太激动了，不知不觉写偏题了。

从那晚开始，我便开始笼罩于不安中。正如我之前所举之例，"二重身"的出现意味着当事人的死亡。但是，就在这样的不安中，数月光阴平安流逝，就这样到了第二年。我自然不会忘记幻影之事。随着日月流逝，我的恐怖和不安慢慢淡去。不，事实上，有时我会用幻觉来解释此事。

这时候，仿佛在惩罚我的疏忽大意一般，我的"二重身"再次出现在我面前。

事情发生在1月17日周四中午时分。那日我在学校，突然一旧友来访。当日下午正好没课，我们便一同离开学校，前往骏河台下①的咖啡馆用餐。您知道，骏河台下十字路口附近有一座大钟。我下电车时，无意看到当时大钟指向12点15分。外面飘雪，铅色天空，大钟的白色底盘屹立不动。我看着看着，一股恐惧之感油然而生。这可能就是一种预兆。我的心笼罩在一片恐怖中，注视着大钟的目光无意落到另一处，那里是隔着一条电车轨道的中西屋②前的停车场。于是我看到，一根红色柱子前"我"和"妻子"肩并肩，亲密伫立。

"妻子"身着黑色大衣，围着焦茶色的丝质围巾，似乎正在和"我"说话。"我"身着灰色大衣，戴着黑色呢帽。而那天的我，也就是真正的我恰好穿着灰色大衣，戴着黑色呢帽。看着这两个幻影，当时我该有多么恐惧！特别是，当我看到"妻子"用撒娇的眼神看向我的"二重身"之时——啊，这一切真是可怕的噩梦！我已经完全没有勇气再现当时的场景。我不自觉地抓住朋友的胳膊，呆若木鸡站在路旁。此时，外壕线的电车从骏河台方向飞驰而下，带着轰鸣声从我眼前穿过。真是天助我也。

---

① 骏河台下，地名，位于东京都千代田区。——译者注
② 店名。——译者注

当时，我们正站在路的这边，准备穿过外壕线的铁轨。

当然，电车很快从我们面前穿梭而过。但之后挡住我视线的正是中西屋前的那根红色柱子。那两个幻影在电车遮挡之时便消失不见了。朋友神情莫测，当时并无可笑之事，我却一边笑着一边催促朋友快走，故意迈开大步离开。那朋友后来和人说我发神经了，鉴于我当时的异常表现，那样说也情有可原。但是，若将我的病因归于妻子的不忠，那是对我的极大侮辱。最近我已致绝交信给那人。

我忙着记录事实，却并未证明当时的妻子只是"二重身"。那时正值中午前后，妻子不可能外出，妻子也是这样说的，家里的女佣也为之作证。再说妻子前天开始便头疼，精神抑郁，不可能突然外出。那么，当时我看到的妻子除了"二重身"还能是谁呢？我询问妻子是否外出之时，妻子瞪大眼睛矢口否认，那般表情至今如在眼前。如果真如世人所说，妻子欺骗了我，那么她绝不会露出那么无邪的表情，宛如孩童一般。

当然，在承认"二重身"现象前，我一度怀疑自己的精神状态。但是，我的大脑无比清晰，睡眠正常，学习无异。当然，自从我再次目睹"二重身"后，容易受惊吓，但这是看到奇异现象的应激后遗症，绝对不是原因。我必须坚信，在"真正的我"之外还有"第二个我"存在。

当时，我依然未将"二重身"之事告知妻子。如果命运允许，我可能到今天也不会告诉她。但是我的"二重身"特别固执，他第三次出现在我面前。事情发生在上周二，也就是2月13日晚七点左右。当时我实在没办法了，不得不将一切告知妻子。除此以外，没有办法能减少我们的不幸，何等无奈。这事后面我再讲述。

那日我值班留校。但下课后不久，我的胃部猛烈痉挛。遵照校医的医嘱，我连忙坐车回家。中午便开始下雨，伴着强风，快到家附近之时，已是倾盆大雨。我在门前匆匆付了车钱，大雨中疾步奔向家门。和往日一样，入口的格子门从里面上了锁，但那锁可以从外面打开。我打开格子门进屋。由于雨声很大，我开门的声音竟然无人听见。不见人从屋里出来。我脱了鞋，将呢帽和大衣挂于衣架后往里走，走到隔着一个房间的书房前，打开了拉门。我习惯去餐厅前，将装有教科书等东西的包放到书房里。

就在此刻，我的眼前惊现意外之景。朝北窗前的书桌、桌前的转椅、周围的书架自然没有任何变化。可是横放着的书桌旁站立的女人、转椅上坐着的男人，究竟是何人？阁下，当时的我与我和妻子的"二重身"可谓近在咫尺。那样的恐怖场景，我终生难忘。那两人面对桌子并立，我在门槛边正好看到了两人的侧脸。窗外冷冷的光线照在他们脸上，两人面庞阴暗分明。他们面前有一盏罩着黄丝绸的电灯，照得我两眼一抹黑。更让人觉得讽刺的事情发生了。他们正在阅读我的日记，里面记录了那些奇怪现象。看到桌上被打开的那本书的形状，我立刻就认出来了。

我依稀记得，我瞥见这场景的同时，嘴里不由自主发出了尖叫声。我还记得，随着我的叫声，那两个"二重身"同时看向我。如果他们不是幻影，我可以问"妻子"，当时的我是何等模样。然而这当然是不可能的。我准确记得的，并无其他，只有一种强烈的眩晕感。我一下子晕倒在地。当妻子听到声音惊慌失措从屋内跑来时，那两个该受诅咒的"二重身"也消失不见了。妻子将我弄到书房里躺下，立刻用冰袋敷在我的额头。

大约半小时后，我苏醒过来。妻子见我醒来，突然放声大哭。她说最近我的行为让她无法理解。她又责备道："你是不是在怀疑什么？我说的对不对？你为什么不告诉我？"阁下应该知道，世人可是在怀疑妻子的清白啊！那时，风言风语已经传到了我耳里。恐怕妻子也有所耳闻。我感到妻子说话时的颤抖，她不确定我是否也在怀疑她。妻子似乎认为，我的一切异常言行都是因为怀疑。如果我继续保持沉默，只会令妻子倍受折磨。于是，为了不让冰袋掉下来，我静静地将脸转向妻子，同时低声说："对不起，我有事瞒了你。"接着，我将三次看到"二重身"之事详细告知于她。我一脸认真地特别强调："世上的谣言是捏造的。我估计是谁看到我们俩的幻影在一起，然后加以捏造。我绝对信任你，我希望你也要绝对信任我。"然而，妻子毕竟只是一介弱女子，成为世人怀疑的对象，这带给她多少痛苦啊。另外，"二重身"现象太过异常，肯定无法以此澄清谣言。那以后，妻子总是在我枕边不停哭泣。

于是，我一一列举上面讲述过的各种实例，一点一点告诉妻子幻影存在的可能性。阁下，我妻子患有癔病，特别容易发生这种奇怪现象。这样的例子并不匮乏。例如著名的梦游症患者——奥古斯特·穆勒等，就时常出现幻影。但可能会有人提出异议，认为梦游症患者出现幻影是因为患者有主观能动性，而妻子完全没有主观能动性，因此两者不能相提并论。退一步来说，即使可以以此解释妻子的幻影，仍留有疑点，因为这无法解释我的情况。这些问题其实并不是无法解释。为何如此说？因为铁板钉钉的事实是，不时有人拥有展现他人幻影的能力。据说弗朗茨·冯·巴阿迪尔在写给维尔纳医生的信中说道，艾卡卢茨哈兹弥留之际曾坦言，自己拥有展现他人幻影的能力。如此来看，第二个疑问与第一个疑问一样，关键在于妻子有没有那样的主观能动性，但这个问题很难确定。毋庸置疑的是，妻子主观上无意展现"二重身"，但她一直将我的事放在心头。也许，她心中念念不忘的就是夫唱妇随，与我同行。让人无法接受的是，妻子这般病情的人常会反复出现"二重身"。至少我已有类似经历。何况我妻子这样的，我还能举出一些实例来。

我对妻子讲述了这些，安抚她。妻子总算满意了。她盯着我的脸，擦干眼泪说道："只是你太可怜了。"

阁下，以上便是我经历的"二重身"之事的来龙去脉。这是我与妻子之间的秘密，之前从未向第三人透露过。但是此一时彼一时。世人开始公开嘲讽我，甚至开始憎恶我的妻子。现如今，甚至还有人从我家门前大摇大摆而过，唱着暗讽我妻子品行不端的俚曲。此情此景，我怎可漠视？

但是，我们向阁下诉冤，并不仅仅因为我们夫妇蒙受了不白之冤，还因为如果我们忍受了这般羞辱，那么妻子的癔病会越发严重，从而很可能导致"二重身"出现的频率更高。如若那样，世人会更加怀疑妻子的清白。如何摆脱这样的困境，我不知如何是好。

阁下，对于如此境况下的我来说，最后的也是唯一的活路就是仰仗您的庇佑。请您相信我所言之事，对饱受世人摧残的我们夫妇给予一些同情。我的一名同事竟然故意在我面前大谈特谈报上登载的通奸新闻。我的一个前辈给我写信，讽刺妻子品行不端的同时，甚至劝我离婚。我的学生也是如此，不仅不认真听课，反而在我教室的黑板上画了我和妻子的讽刺漫画，在下面写着"可喜可贺"。这些都是与我有来往的人，但是，素不相识的人近来也常意想不到地侮辱我们。有人寄来匿名明信片，将我妻子比作禽兽。还有人在我家黑墙上乱涂乱画，满是猥琐的图案和文字，手段比学生更为恶劣。更有胆大妄为者潜入我家院内，偷窥我与妻子共进晚餐之画面。阁下，您说这还是人干的事吗？

本信中，我想告诉阁下的就是这些。世人对我们夫妇的凌辱和胁迫，官府如何处置，这当然是阁下考虑之事，而非我等之事。但是，我坚信英明的阁下会完美行使职权，保护我们夫妇。恳请阁下洗清我们的不白之冤，打造太平盛世。

如果您有疑问，我可随时去您处答疑。就此搁笔。

第二封信

警察署长阁下：

阁下玩忽职守，导致我们夫妇惨遭最后的不幸。我的妻子昨日突然失踪，到现在依旧杳无音讯。我很担心。妻子会不会因为承受不了世间压迫而自杀了呢？

这世道，最后依然杀死了无辜之人。阁下也是让人憎恶的帮凶之一。

我决定今天离开本区，不再居住于此。阁下如此无为无能，让人如何安心居住？

阁下，我前天已从学校离职。未来，我计划投入全部精力研究超自然现象。阁下可能会像普通人那样，对我的计划嗤之以鼻。但是，身为警察署长，否定超自然的一切,你不觉得耻辱吗?

阁下首先应该思考的是,人类的认知是有限的。比如,你手下的刑警中,有很多人患有传染病,你做梦都没想到吧。这种疾病随着接吻会迅速扩散,这事只有我知晓。这事足够摧毁阁下傲慢的世界观了吧……

其实,之前我还写了封长信,谈的基本上都是哲学问题。但现在已经没有必要说了,就此略过。

芥川龙之介于1917年8月10日

戏作三昧 [1]

一

天保二年（1831），九月某日上午。神田同朋町的松汤澡堂里，如往常一样，早晨开始便挤满了浴客。几

---

[1] 戏作，日本江户时代的通俗小说，分为读本、滑稽本、人情本等。三昧，佛教用语，指事物的精髓。此处指主人公呕心沥血，创作小说。——译者注

年前,式亭三马①出版了一本"滑稽本"小说,其中提到"神祇、释教、恋、无常②的浮世澡堂",这样的澡堂之景至今未变。澡堂中,有人梳着老婆髻③,正哼着俗曲泡澡;有人梳着本多髻④,正在更衣处拧毛巾;有人梳着大银杏髻⑤,圆圆的额头,正让人洗那文身的后背;有人梳着由兵卫髻⑥,正一个劲地洗脸;有个光头,坐在水槽前,正不停地冲澡;还有顽童,正专心玩着竹桶和瓷金鱼。狭窄澡堂,浴客众多,光溜溜、湿淋淋的身体泛着柔和的光。早晨的阳光从窗口洒进来,雾气缭绕中只见模糊的身影动来动去。这里真是无比热闹。先是洗澡的水声、木桶的碰撞声,再是说话声、哼曲声,最后还有柜台那里的打拍板⑦声。石榴口⑧里外如同战场一般喧闹。另有商人、乞丐掀帘子进来。浴客们更是进进出出。

---

① 式亭三马(1776—1822),日本江户时代小说家,著有《浮世澡堂》等小说。——译者注
② 神祇、释教、恋、无常,取自小说《浮世澡堂》。日本古时常用"神祇、释教、恋、无常"分类,此处指各种各样的人都有。——译者注
③ 老婆髻,日本江户时代下层男子发式,为老婆所梳。——译者注
④ 本多髻,日本江户时代男子发式。——译者注
⑤ 大银杏髻,日本江户时代武士发式,髻端像银杏叶一般张开。——译者注
⑥ 由兵卫髻,日本江户时代流行的男子发式。——译者注
⑦ 打拍板,浴客如果需要搓澡,柜台服务生会打拍板通知搓澡工。——译者注
⑧ 石榴口,泡澡处入口俗称"石榴口"。——译者注

就在这片喧闹中，有位六十多岁的老人，谦恭地靠在角落里，静静地搓洗着身上的污垢。他的双鬓泛着难看的黄色，眼睛似乎也不好，但瘦小的身体却看着挺结实，称得上硬朗。他的手脚皮肤松弛，但还留着不服老的劲头。脸庞也如此，他下颌骨宽，嘴巴稍大，透出狂野的旺盛精力，丝毫不减壮年。

老人仔细地洗着上半身，洗完后并没用自留桶[①]中的水浇一下，便紧接着洗下半身。但他那干巴巴满是皱纹的皮肤，再怎么用黑色的搓澡巾搓，也没有什么污垢。这也许勾起了他的迟暮感，老人只洗了一只脚便泄了气，停下了拿着搓澡巾的手。于是，他看着桶中浑浊的水，窗外的天空清晰地映在水面，红色的柿子稀疏地挂于枝头，下面露出瓦屋檐的一角。

死亡的阴影笼上老人的心头，但并不是曾经威胁过他、让人忌惮的那种死亡。而是如桶中天空般寂静，没有烦恼、无比宁静的寂灭之感。若能摆脱一切尘世劳苦，在这种"死亡"中永眠，犹如孩童，一觉无梦，那是多么快乐之事。而自己几十年来却疲于生活，潜心写作，从未间断，疲惫不堪……

---

① 自留桶，经常去澡堂的浴客留在那里的个人专用水桶。——译者注

老人茫然，抬起眼皮。浴客依旧谈笑风生，周围依旧热闹非凡。赤裸的浴客们在热气腾腾中到处穿梭，让人眼花缭乱。石榴口的俗曲中，又夹杂着别的小调声。他心里的死亡阴影，在这里自然完全看不到。

"哎呀，居然能在这里见到先生。曲亭[①]先生一早过来洗澡，我怎么都想不到。"

突然被人搭讪，老人很是惊讶。定睛一看，他身旁有一人。此人面色红润，中等身材，梳着细银杏髻[②]，面前摆着自留桶，湿毛巾挂在肩上，正起劲地嘿嘿笑着。他似乎刚从泡澡池里出来，正要用水冲身体。

马琴笑着，略带讥讽地回答："你一点没变，兴致很好嘛。"

二

[①] 曲亭，即龙泽马琴（1767—1848），日本江户时代小说家。代表作《八犬传》等。下文简称马琴，为本文主人公。——译者注
[②] 细银杏髻，江户时代日本男子发式，形状略小于大银杏髻。——译者注

"哪里哪里,我一点也不好。要说好,当属先生的《八犬传》了,越写越精彩,越写越离奇,实属佳作。"

细银杏髻男子将肩上的毛巾放入桶中,扯高嗓门,侃侃而谈。

"那船虫①扮成盲人艺人,准备杀死小文吾②,被抓后遭受拷打,幸而得到庄介③相助。这一情节设计非常巧妙。于是,庄介与小文吾才得以再次相会。鄙人近江屋平吉只是一介卖杂货的小商贩,虽然不才,但自认为了解小说。就连我,都挑不出先生《八犬传》的缺点,实在佩服至极。"

马琴沉默了,又开始洗脚。对喜爱自己作品的读者,他一直抱有好感,但他决不会为了那份好感,改变对那人的看法。马琴如此聪明,这么做理所当然。不可思议的是,同样,他不会因为个人看法而减少那份好感。因此,有些场合,他对同一个人既轻蔑又有好感,比如这位近江屋平吉,便是这样的读者。

"能写出那般巨作,您一定呕心沥血。现如今,先

---

① 船虫,《八犬传》中人物。——译者注
② 小文吾,《八犬传》中人物,八犬士之一。——译者注
③ 庄介,《八犬传》中人物,八犬士之一。——译者注

生算是日本的罗贯中呢。哎呀，这话冒昧了。"

平吉再次朗声大笑。许是被那声音惊到，旁边正在冲澡的一男子回头看了看平吉和马琴。该男子皮肤黝黑，梳着小银杏髻，长着对眼儿，一副古怪表情，往地上吐了口痰。

马琴巧妙地转换了话题，问道："你还在热衷于写俳句吗？"但他这么问并不是因为看到刚才那人的表情。马琴视力衰弱，没法看清这些。

"承蒙先生询问，我真是十分惶恐。我虽然喜欢，却总写不好。虽然厚着脸皮到处参加诗会，不知何故，总无进步。先生如何？对和歌、俳句之类，您有兴趣吗？"

"不，那些东西我曾经写过一段时间，但并不擅长。"

"您开玩笑了。"

"不是，我的性情似乎和这些东西不合，到现在还没入门呢。"

说到"性情不合"，马琴特别加重语气。他并不觉得自己不会和歌与俳句。当然，他自认为在这方面也懂得不少，但他一直对这类艺术持轻蔑态度。为何如此？和歌也好，俳句也好，篇幅过小，无法容纳他的所有想法。不论叙景还是抒情，不管其如何巧妙融合，所能表现出来的东西只能充抵他作品的几行字而已。对他来说，这些是二流艺术。

三

他强调"性情不合"，其中就含有轻蔑之意。可惜的是，近江屋平吉却完全没有理解到这一点。

"哈哈，原来如此啊。我还以为，先生这样的大作家什么都能随意创作呢。所谓'人无全才'。"

平吉将毛巾拧干，用力搓着身体，把皮肤搓得通红，客套地说道。于是，自尊心极强的马琴十分不满。自己的谦虚之辞却被当成真话了。平吉那客套的语气更是让他不快。于是，马琴将毛巾和搓澡巾扔在地上，挺直腰，板着脸，气势汹汹地说道：

"不过，当今和歌诗人、俳句作家的那几两水平，我还是有的。"

但话还没说完，他立马觉得难为情，自己的那些个自尊就像孩子一样：就连刚才平吉对《八犬传》大加赞扬，自己也并没多高兴。现在，被认为不会写和歌和俳句，就大为不满，这不是自相矛盾么？他突然醒悟过来，为了掩盖内心的羞愧，他连忙将自留桶中的水浇在肩上。

"是啊，不然您也写不出那等佳作呀。如此说来，我能看出先生会写和歌和俳句，我眼力真好。哎呀，我怎么吹嘘起自己来了。"

平吉再次放声大笑。刚才那对眼男子已经不在了，吐的痰也让马琴的洗澡水冲走了。但是，马琴却比刚才更觉惶恐。

"哎呀，我光说话了，我得去澡池里泡一泡。"

马琴特别尴尬，打了个招呼，一边生自己的气，一边慢慢站起来，准备离开这位和蔼的忠实读者。看到马琴这气势，平吉觉得，连自己这个读者都增添了几分面子。

"先生，哪天我请您写首和歌或者俳句，可以吗？您别忘了哦。那我就告辞了。知道您忙，哪天路过我家的时候，一定来坐坐哦。我也会择日拜访您。"

平吉在马琴身后说道。然后，一边重新洗毛巾，一边目送着走向石榴口的马琴的背影，琢磨着回家如何告诉老婆，他今天遇到了马琴先生。

四

　　石榴口里光线昏暗，如同黄昏一般。热气腾腾，比雾还浓。马琴视力不好，跟跟跄跄地拨开浴客，好不容易摸到澡池的一角，将满是皱纹的身体泡在水里。

　　水有些烫。他感到水的温度蔓延到了指甲尖，便深深地呼了口气，慢悠悠地环顾四周。只见昏暗朦胧的澡池中露出七八个脑袋，有的在聊天，有的在哼曲。热水融化了人类的油脂，水面变得油腻光滑。石榴口的浑浊阳光照在缓缓晃动的水面上。鼻子闻到了一股让人恶心的"澡堂味儿"。

　　马琴的想象一直富有浪漫主义色彩。在澡池的热气中，他想起正准备写的小说中描述的场景之一：有一艘沉甸甸的乌篷船，外面的海面上，日落风起。海浪沉闷地拍打着船舷，犹如油在晃动。同时，船篷也在响着，大概是蝙蝠在拍打翅膀。有个船夫似乎担心这声音，偷偷从船舷往外看。雾下的海面，只有红红的弯月阴沉地挂在天上。于是……

　　这时，他的想象猛然间被打断。因为他突然听到石榴口里谁在批评他的小说，而且，不管是声调还是语气，好像在故意说给他听。马琴一度想离开澡池，最后并没有走，一动不动地侧耳聆听那人的批评。

"什么曲亭先生、著作堂主人，尽吹牛。马琴写的故事都在模仿他人。说白一些，《八犬传》就是照搬的《水浒传》。当然，不那么挑剔的话，情节还算有趣。不管怎么样，都是中国小说在前吧。把那书看一遍就已经不得了了。谁知道这次又开始模仿京传①的小说了。我真是难以置信，气不打一处来。"

马琴老眼昏花，透过雾气看向那个骂骂咧咧的男子。雾气太浓，看不清楚，好像是刚才那个梳着小银杏髻的对眼男子。他刚才听到平吉对《八犬传》的褒奖，心中恼火，故意来惹马琴。

"首先，马琴写的东西，全靠笔头功夫，实际上肚子里一点墨水也没有。就算有，也不过像私塾老师一样，讲一遍四书五经而已。他对现今之事一无所知。证据就是，除了以前之事，他就没写过别的。他没那本事把阿染和

---

① 京传，即山东京传（1761—1816），日本江户后期的小说家、画家。——译者注

久松①写生动，所以才写了《松染情史秋七草》②。借马琴的话来说，这种例子太多了。"

人一旦抱有优越感，就很难产生憎恶之情。马琴虽然恼火对方如此贬低自己，却也不恨他。相反，他很想表达轻蔑之意。之所以没有付诸行动，恐怕是因为年龄毕竟大了，知道克制之礼。

"相比起来，还是一九③和三马写得好。他们笔下的人物，自然贴切，栩栩如生，绝不是靠小聪明和半吊子学问拼凑出来的。这与蓑笠轩隐者④之辈，完全不同。"

根据马琴的经验，每当听见别人批评自己的小说，他不但不快，还会感到强烈的危机感。并不是因为接受了对方的批评，自己失去了勇气，从而沮丧，而是怕强行否定批评的话，反而会让以后的创作动机不纯，从而写出畸形的作品。且不论那些迎合潮流、投机取巧的作家，有骨气的作家反而容易陷入这种危险。所以，马琴尽量不看别人对自己小说的批评，但另一方面内心又很想看

---

① 阿染，18世纪初大阪某油坊老板的女儿。久松，油坊学徒。两人相恋后殉情而死。江户时代很多歌舞伎、净琉璃以此为题材。——译者注
② 《松染情史秋七草》，曲亭马琴根据阿染、久松的故事改编而成的小说，1808年出版。——译者注
③ 一九，即十返舍一九（1765—1831），日本江户时代小说家。——译者注
④ 蓑笠轩隐者，马琴的别称。——译者注

看那些恶评。这会儿在澡堂聆听小银杏髻的激烈抨击，一半原因就是出自这想法。

他发现这一点，立刻责备自己的愚蠢，居然还在这儿慵懒泡澡。于是，他不再理会小银杏髻尖厉的嗓门，迅速走出石榴口。透过热气可以看到，窗外的蓝天下，柿子正沐浴着温暖的阳光。马琴来到水槽前，平静地用水冲洗。

"不管怎么样，马琴就是个假冒货。居然敢自称'日本的罗贯中'。"

澡堂之中，方才那对眼男子许是没看到马琴已走，以为他还在，骂不绝口。

五

然而，马琴离开澡堂时心情低落。此刻，对眼的那番恶评显然对他起效了。江户街头，秋高气爽。马琴走着，琢磨思考着澡堂中听到的恶评。随后他确定了一点，从任何角度来看，这些都是毫无根据的谬论。虽然如此，一度被搅乱的内心却很难平复。

他抬起郁闷的双眼,望向两侧的店铺。店里众生都在忙着生计,没人在乎他的心情。印着"各地名茶"的黄褐色布帘,标着"正宗黄杨木"的梳子形的黄色招牌,写着"轿子"字样的挂灯,印着"卜筮"二字的算命小旗——这些东西乱七八糟地排成一列,杂乱地从他眼前掠过。

"为什么我会烦恼于这些自己不屑的恶评呢?"

马琴接着继续思考。

"令我不快的,首先是那对眼对我的恶意。别人对自己有恶意,不论出于什么理由,心里总会不快,我也没办法。"

他这么想着,对自己的软弱感到羞愧。实际上,像他这样目空一切的人虽然不多,对别人恶意如此敏感的人更是少见。他当然早就察觉了一个事实:行为上看起来完全不同的两种结果,却出于同一原因——同一神经作用会引起不同的结果。

"但令我不痛快的还有另外一个原因。那就是我被迫成了对眼的对手,站在他的对立面。我从来都不喜欢如此,所以不会与人争斗。"

分析至此,他想进一步推敲时,心情突然发生了变化。那抿得紧紧的嘴唇忽然咧开。

"最后，将我整成这般模样的，竟然是那个对眼，这事太不爽了。如果对方是高手，我肯定会尽情发泄不满。可却是那对眼，我只能闭嘴。"

马琴苦笑着，仰望高空。老鹰的欢乐叫声与日光一起，如雨滴般洒下来。一直低落的心情渐渐转好。

"不管对眼怎么诋毁我，最多就是让我不快而已。就好像老鹰再怎么叫，也无法停止太阳旋转一般。我的《八犬传》定能完成。到那时，《八犬传》将成为日本古今无法超越的传奇之书。"

他恢复了自信，安慰着自己。在狭窄的小巷中拐了个弯，静静地向家走去。

六

到家一看，昏暗的门厅脱鞋处，摆着一双眼熟的麻花绊竹皮屐。马琴一看，客人那平淡的脸庞便立刻浮现在眼前。又来耽误我时间，他心里叫苦。

"今天上午又要浪费掉了。"

他边想边迈上台阶，女佣阿杉急忙出来迎接。她手按地板，跪着仰头说道：

"和泉屋老板正在屋里等着您回来。"

马琴点点头，把湿手巾递给阿杉，但他一点都不想马上去书房。

"太太呢？"

"拜佛烧香去了。"

"少奶奶一起去的吗？"

"是的，带了小少爷一起去的。"

"少爷呢？"

"去山本先生家了。"

家里人都不在，他有些失望。没办法，他打开了门旁书房的纸拉门。

马琴一看，房间中央端坐着一位男子。此人白脸庞，油腻样，装腔作势，正叼着一根细长的银烟管。马琴的书房中，除了贴着拓本的屏风和挂在壁龛[①]里"红枫黄菊"的对联外，再无其他像样的装饰品。靠墙摆了一排五十多个古色古香的桐木书箱，显得冷冷清清。窗户纸可能过完节还没换过，这一块那一块的，用白纸补上了

[①] 壁龛，日式房间高出地板的地方，用于摆设装饰品，墙上可挂画。——译者注

窟窿。秋日阳光照耀下，上面留下了硕大芭蕉的婆娑残影。正因为如此，客人的华美服装与这氛围显得越发不协调。

"呀，先生回来了。"

拉门一打开，客人就伶俐地寒暄，客气地鞠躬。此人便是书店老板——和泉屋市兵卫。当时口碑仅次于《八犬传》的《金瓶梅》便是他们书店承接的。

"让你久等了。今早我难得去泡了个澡。"

马琴不由自主地皱了下眉，如平时一样，彬彬有礼地坐下。

"哦？一大早去泡澡呀。原来如此。"

市兵卫发出了钦佩之声。不管什么事情，这男子动不动就显出钦佩的模样，这类人并不多见。不，准确地说，是装出钦佩的样子，这类人更是稀少。马琴慢慢地吸着烟，和以往一样，单刀直入问正事。他特别不喜欢和泉屋的这种假殷勤。

"今天过来是为何事？"

"嗯，我想再请您赐稿。"

市兵卫用指尖转了下烟管，像女人一样轻柔说道。这男子性格古怪，大多数情况下，他的外表和内心是不一致的。不，何止不一致，简直是截然相反。所以，他想做某事的内心意愿越是强大，声音就表现得越是温柔。

马琴听到这温柔之声，不由皱眉。

"稿子嘛，恕不能提供。"

"哦？有什么困难呢？"

"何止困难，我今年接了很多小说，根本没时间弄长篇合卷。"

"嗯，您可真忙呀。"

市兵卫说完，用烟管磕了磕烟袋上的灰，一副完全忘了刚才对话的表情，突然提到了鼠小僧次郎太夫的事情。

七

鼠小僧次郎太夫是个名盗，今年5月上旬被捕，8月中旬被斩首示众。他专门潜入大名①家中，将所偷钱财施舍给贫民，当时得了个怪名，人称"义盗"，广受好评。

"先生，据说有76家大名府被盗，被盗钱财达

---

① 大名，日本封建时代的诸侯。——译者注

3183两2分多,让人吃惊。虽然是强盗,但这非常人所能及。"

马琴不禁好奇。市兵卫说这话时很自信,因为说完后他总会给作家提供素材。如此得意忘形,自然让马琴愤怒。但虽恼火,他依然被吊起胃口。马琴很有艺术天分,这方面特别容易受到诱惑。

"是啊,确实了不起。我也听说了很多传言,没想到居然这么厉害。"

"反正算是贼中豪杰。听说他以前当过荒尾但马守[①]的侍卫,所以对大名府情况了如指掌。行刑前游街之时,据当时看过他的人说,人长得胖乎乎的,憨厚可爱,穿着越后[②]蓝色绉绸外套,里面是白绸单衣。这人不正好可以成为先生的笔下人物吗?"

马琴含糊应付,又点了一袋烟。但市兵卫可不是随便就能打发的人。

"您看如何?能不能把次郎太夫写入《金瓶梅》?我知道您很忙,算我求您啦,您就接了这活吧。"

鼠小僧的话题到此结束,他又开始催稿子。但马琴

---

① 荒尾但马守,荒尾为姓氏,但马在今兵库县内,守为职务名。——译者注
② 越后,在今日本新潟县内。——译者注

早就熟悉这伎俩,依然不松口。非但不松口,马琴甚至更为不快:只是片刻工夫,自己竟上了市兵卫的钩,动了好奇心,真是愚蠢。他无味地吸着烟,终于说出这样的推辞:

"首先,我就是勉强写,也写不出好作品,反而会影响销量,你们也会觉得无趣。所以啊,还是按我的节奏来,这样对双方都好。"

"虽然如此,还是想请您加把油,怎么样?"

市兵卫说着,眼神"扫视"着马琴的脸,鼻子里时不时喷出烟来。

"我怎么都写不出来。就是想写,我也没时间。我也是无可奈何啊。"

"您这就为难我了。"

市兵卫说着,突然又把话题转到同时期的作家上来,一双薄唇依然叼着细长的银烟管。

八

"听说种彦①又要出新书了。无非是辞藻华丽、哀伤悲切的故事罢了。那家伙写书自有他的独特之处。"

也不知市兵卫是怎么想的,每次提到作家,喜欢直呼其名。马琴每次听到就心里嘀咕"这家伙背地里肯定也直呼自己'马琴'吧"。当他肝火旺的时候,常想:如此浅薄之人,把作者当成自家店员直呼姓名,凭什么给他写稿子?今天他听到种彦的名字,脸色越发难看。但是市兵卫却似乎完全没有放心上。

"然后我们一直在考虑,要不要出版春水②的小说。先生厌恶他,但他的作品在俗人中倒挺有市场的呢。"

"哦?是吗?"

马琴曾见过春水,记忆中那猥琐的脸庞又浮现上来。马琴早就听闻,春水说过"我并非作家。我只是个赚钱的商人,根据客人需要,写一些艳情小说,供他们消磨时间而已"。因此,马琴发自内心地鄙视这类称不上作

---

① 种彦,即柳亭种彦(1783—1842),日本江户时代小说家。——译者注
② 春水,即永春水(1790—1843),日本江户时代小说家。——译者注

家的人，但当他听到市兵卫直呼春水其名，心里不禁不快。

"总之，他特别擅长写艳情小说了，而且以写得快出名。"

市兵卫说着，瞥了瞥马琴的脸，随后又看向叼在嘴里的银烟管，那一刻的表情十分下流，至少马琴这么认为。

"他写得那么快，据说下笔如有神，不一口气写上个两三章，就不停手。话说，先生您有时也写得很快吧？"

马琴既觉得不快，也感到被威胁。将他的写作速度与春水、种彦之流相比，对于自尊心极强的他来说，如坐针毡；况且他算是写得慢的，自认为这方面没本事，经常为此沮丧。可另一方面，他常把写得慢当做衡量自己艺术良心的标杆，并笃信不疑。不管他自己怎么想，被那般俗人非议，他断不能容忍。于是，他看向佛龛的"红枫黄菊"对联，一吐为快。

"得看时间和场合。有时快，有时慢。"

"哦，要根据时间和场合，这样啊。"

市兵卫第三次表示钦佩。他自然不会表示完就结束。紧接着，他单刀直入地问道：

"那么，我几次说的那稿子，您能否接下来？春水他……"

"我和春水先生不一样。"

马琴有个特征，生气的时候，下唇会往左撇。这时，他下唇陡然往左一撇。

"恕不接受。——阿杉，阿杉，和泉屋老板的鞋子摆好了吗？"

九

将和泉屋市兵卫赶走后，马琴独自倚靠廊柱，看着小庭院之景，心中的火气还未消散，他正极力压抑着。

庭院之中，阳光四射。叶子残破的芭蕉、快秃光的梧桐、翠翠的罗汉松、绿绿的竹子，正暖洋洋地沐浴着这几坪①的秋色。洗手盆旁边的芙蓉，残花稀稀落落。对面袖垣②外的桂花，却香味依旧。老鹰的叫声，如笛声一般，时不时从遥远的碧空洒落下来。

看着这自然风景，他又想起人世间的卑劣。人类生活在这卑劣的世界并受此困扰，自己的言行也在无奈中

---

① 坪，日本面积单位，1坪等于约3.3平方米。——译者注
② 袖垣，紧挨着房子的篱笆，形似和服袖子。——译者注

沦落得同等卑劣。就在刚才,自己赶走了和泉屋市兵卫。驱逐他人,本身就不是什么高尚之举。但自己也是被逼的,只因为对方过于卑劣,无奈干下这等事。然而,既然做了,就代表自己和市兵卫一样卑劣。也就是说,不知不觉间自己堕落了。

这时,他想到不久前发生的类似事情。去年春天,有人写信给他,想拜他为师。该男子住在相州朽木上新田,名叫长岛政兵卫。男子在信中写道:"本人21岁失聪,下定决心以文字享誉天下。我今年24岁,一直潜心写小说。自不必说,我是《八犬传》和《巡岛记》的忠实读者。但身处荒僻之地,影响我的进一步深造。因此,我想去您府上当食客,不知是否可以?另外,我还有六册小说原稿,想请您校对,并帮忙找地方出版。"——信的大意如上。对马琴来说,信中所提要求尽是对方的如意算盘。但他视力不好,看到那人失聪,不由生出几分同情。于是,马琴郑重回信告诉他,这些要求没法满足。结果,那人的回信中,从头到尾全是谴责,没有其他内容。

信的开头写着:"你的《八犬传》和《巡岛记》又臭又长,我却耐心把它们读完了。而你,对我的区区六本原稿,都不愿读。由此可见,你的品格是多么卑劣。"

结尾更是一顿猛烈抨击，写着："作为前辈，却不肯收留晚辈当食客，真是吝啬至极。"马琴大怒，立马回信。写道："你这般浅薄之人读我的小说，真是我的终生耻辱。"从那以后，那人便杳无音讯。不知他是否还在写小说？是否仍然畅想自己的小说有朝一日传遍日本呢？

　　回忆往事，马琴不由觉得长岛政兵卫可怜，同时也觉得自己可怜。于是，一种无法形容的寂寞之感油然而生。阳光明媚，金桂飘香，香气融化在一片阳光中。芭蕉和梧桐叶子静止不动。老鹰的叫声和之前一般明快。如此自然，如此世间……马琴靠着廊柱发呆，就像做梦一般。直到十分钟后，女佣阿杉来请他吃午饭。

十

　　马琴独自一人吃完冷冷清清的午饭，这才回到书房。不知为何，他心中烦乱，十分不快。为了安抚心情，他拿起许久未看的《水浒传》。顺手翻开，便是豹子头林冲在山神庙看到火烧草料场那段。读着这充满戏剧性的场景，他的兴致又来了。但是往下读了一部分，反而感到不安。

家里人去拜佛烧香，尚未回家。屋里寂静无声。他收起阴沉的表情，对着《水浒传》无聊地吸烟。就在烟雾缭绕中，脑子里一直就有的一个疑问又冒了出来。

自己既是道德家，又是艺术家，这个疑问一直纠缠着他。一直以来，他从未怀疑过"先王之道"，就像他公开声明过的一样，他的小说代表艺术上的"先王之道"，所以，这里并无矛盾之处。但是，"先王之道"赋予艺术的价值与个人感情想赋予艺术的价值之间，竟有巨大差距。所以，作为道德家，他肯定前者；作为艺术家，他自然肯定后者。当然，中庸之道、权宜之计可以解决这个矛盾。事实上，面对公众，他曾想用模棱两可的含糊说辞，掩盖自己对艺术的暧昧态度。

他能欺骗公众，却欺骗不了自己。他否定小说的价值，称之为"劝善惩恶的工具"，但只要碰到心中喷涌而出的艺术灵感，就会立刻不安。正因如此，《水浒传》中的一段文字意外影响了他的情绪。

在这点上，马琴的思想是懦弱的。他默默地吸烟，强制自己去想想尚未回家的家人。但《水浒传》就摆在他面前，这书带来的不安始终缠绕着他，挥之不去。就在这时,许久未登门的华山渡边登①来了。他穿着和服外套和裙裤,腋下夹着紫色包袱,估计是来还书的。

马琴非常高兴,特意去门口迎接好友。

"我今天过来有两件事,一是还书,二是想给你看样东西。"

华山进了书房后,果然这么说道。马琴一看,除了包袱以外,华山还拿着一样用纸包着的东西,里面好像是画绢:

"你要是有空,就来一起看一看吧。"

"哦,我马上就看。"

华山似乎在努力按捺内心的兴奋,故意微微一笑,打开用纸包着的画绢给马琴看。画上有几棵光秃秃的树,或远或近,稀稀疏疏。林间站着两名男子,正合掌谈笑。纷纷飘落的黄叶、林梢间群飞的乱鸦,画间流淌着一股微寒的秋意。

马琴看着这幅色彩很淡的寒山拾得像,眼中渐渐蒙上一层温润的光芒。

"你每次都画得这么好。让我想起了王摩诘。你想

---

① 华山渡边登,即渡边登,号华山,日本江户时代的画家。下文简称华山。——译者注

表达的是'食随鸣磬巢乌下，行踏空林落叶声'吧？"

十一

"这是昨天刚画的，还算勉强满意。如果你喜欢的话，我想送给您，所以今天带来了。"华山摸着刚刮过胡须还留着青痕的下巴，满足地说，"当然，虽说满意，也不过和至今为止所画的画相比罢了。总是没法画到完美。"

"太谢谢了，承蒙你的厚爱，那我就收下了。"

马琴看着画，念着感谢之词。不知为何，心里突然想起，自己还有工作没有完成，而华山似乎还在想着自己的画。

"每次看古人的画，我都会思索，怎么就能画得如此之好。不管是木石还是人物，栩栩如生，跃然纸上，生动表达了古人的悠悠心境。真是了不得。而我和他们相比，连孩子都不如。"

"古人也说过'后生可畏'啊。"

华山一心想着自己的画。马琴心里妒忌，望着华山，难得调侃道。

"后生确实可畏。而我们处在古人和后生之间，无法动弹，只是被推着往前赶。不仅我们，古人和后生应该都是如此。"

"是的，不进则退，如果不前进，就会立刻被推倒。所以最关键的是，想办法向前走，哪怕走一步也行。"

"是的，这个最最要紧。"

主人和客人都感动于自己的话，沉默了片刻，聆听着秋日里的细微动静声。

"话说《八犬传》写得顺利吗？"

不久，华山转换了话题。

"不，一点进展都没有，真是无奈。这方面我不如古人呢。"

"您老要是这么说，那我们就惭愧了。"

"论惭愧，我比谁都惭愧。但不管怎样，只能奋力往前走，别无他法。最近我准备和《八犬传》拼了这条老命。"

说着，马琴自嘲地苦笑。

"我虽然也想着，这就是部小说而已。但做起来却并不容易。"

"我画画也是一样。既然画了,我就想着要画到最好。"

"我俩都是拼命三郎啊。"

两人放声大笑，笑声中却含着一丝寂寞，只有他们两人才懂。同时，这种寂寞又让主宾二人感到强烈的兴奋。

"可画画让人羡慕啊。至少不会被官府谴责，这比什么都要紧。"

这次轮到马琴转话题了。

十二

"没有那回事。您老写的东西不用担心这些吧？"

"哪里啊，担心着呢。"

马琴举了一个例子，以此证明书籍审读官那极度丑陋的嘴脸。他的小说中有一段描写官员受贿，于是审读官命令他更改。马琴吐槽道："审读官越是挑剔，越会露马脚，真有趣。自己受贿，还不让别人写受贿之事，强行令人更改。他们思想猥琐，满肚子坏水，只要写了男女之情，不论何书，立马判定为淫秽之书。还自认为比作家道德高尚，真是搞笑。俗话说'猴儿照镜子——气得龇牙咧嘴'。就是因为自知低人一等而生自己气吧。"

马琴一个劲地打比喻，华山忍不住笑了。

他说:"这种情况恐怕很多。但即使被迫改写,也不丢您老的面子。不管审读官说什么,伟大的作品难掩其光芒。"

"话虽如此,粗暴无礼的事却很多。对了,还有一次我写了'探监人去送吃送喝'的情节,还被删了五六行。"

马琴说着,与华山一起"扑哧"笑了。

"但是,五十年、一百年后,审读官们化成了灰,只有《八犬传》留传后世啊。"

"不管《八犬传》能否留传下去,审读官这样的人任何时候都有。"

"是吗?我不这么认为。"

"就算没有审读官,这世上永远都有审查官之流。如果你认为焚书坑儒只有古代才有,那就大错特错了。"

"您老近来老说丧气话呢。"

"不是我丧气。而是审读官横行霸道世间,这事让我丧气。"

"那就好好写作罢了。"

"不管怎样,也只能这样了。"

"那我们一起拼命吧。"

这次,两人都没笑。不仅没笑,马琴还板了下脸,看着华山。华山这句玩笑话，竟有些刺耳。

过了一会儿，马琴说道："但年轻人首先得明白，活下去才要紧。想拼命，什么时候都可以。"

他知道华山的政治见解，此刻突然感到不安。华山只是笑了笑，并未回答。

十三

华山回去后，马琴依然觉得兴奋。趁着这股劲，他如平时一样，坐在桌前，继续写《八犬传》。他有个习惯，先通读一遍昨天写的内容，再继续写。于是，他先拿起几页行间距近、红笔改得一面红的稿子，慢慢地用心读着。

不知为何，写的东西和自己内心完全不符。字里行间都是不纯的杂音，影响了通篇和谐。一开始，他以为是自己肝火太旺了：

"我现在心情不好。这些东西可是我费尽力气写出来的。"

他这么想着，又读了一遍。但和刚才一样，依然觉得不对头。他心中狼狈，简直不像个老人样了。

"再前面写得怎么样呢？"

他看了下再前面的东西。结果发现，满目都是粗糙散乱的句子。他一点一点往前翻看。

读到最后发现，这是一篇劣质之作，结构拙劣，文章混乱。叙景毫无印象，抒情毫无感情，议论毫无思路。他花费数日的呕心沥血之作，今日一看，却发现是满纸荒唐言。他的内心感到阵阵刺痛：

"看来，只能从头开始重新写了。"

马琴心中这么喊着，狠狠推开稿子，用胳膊支着脑袋，一下子躺下。但仍心系稿子，眼睛一直看着书桌。就在这张书桌之上，他写下了《弓张月》《南柯梦》，现在正在写《八犬传》。书桌上的端溪砚、形如蹲螭的镇纸、蛤蟆形的铜洗笔缸、雕着狮子和牡丹的青瓷砚屏、刻着兰花的孟宗竹根笔筒——这些文具，对他的创作之苦早已刻骨铭心。看着这些文具，他觉得此次失败给一生的劳作蒙上了阴影——他不禁怀疑自身的真正实力，焦虑不安。

"直到刚才，我还想写一部当今我朝无与伦比的巨著。但也许和别人一样，这只是一种自负罢了。"

这种忧虑让他更加落寞孤独，这比什么都难以忍受。

在尊敬的日本和中国的文学天才面前，他向来谦逊。但对那些碌碌无能的同时代作家，他又极度傲慢不逊。到头来，自己的能力和那些人差不多，却自命不凡、自鸣得意，这个事实让他无法接受。但是，他的个性太强，不甘于就此认命，不愿用大彻大悟来麻痹自我。

马琴躺在桌前，犹如一位船长，眼睁睁看着船沉没。他望着自己的失败之作，与强烈的绝望静静作战。要不是孙子回来了，还不知他得郁闷到什么时候。这时，他身后的拉门开了，伴着一声呼喊"爷爷我回来啦"，一双柔软的小手抱住了他的脖子。孙子太郎拉开拉门，一下子蹦到马琴腿上，只有孩子才会如此毫无顾忌、天真率直。

"爷爷，我回来啦！"

"哦，回来得很早嘛。"

顿时，《八犬传》作者——马琴那满是皱纹的脸上堆满了笑容，就像换了个人一样。

十四

餐厅里面非常热闹。传来了妻子阿百的尖嗓门、儿媳阿路的腼腆声音。好像儿子宗伯刚好回来了,时不时夹杂着男子的粗嗓门。太郎坐在爷爷腿上,仿佛在听大人的声音,故意认真地看着天花板。小脸蛋被外面的冷风吹得通红,呼吸的时候小鼻翼不时掀动。

"我说,爷爷。"

穿着暗红色外出服装的太郎突然说道。这孩子在使劲想着什么,想笑又憋住了,小酒窝一会儿露出来一会儿又消失,逗得马琴也想笑。

"每天要多多……"

"嗯?每天做什么?"

"用功呀。"

马琴扑哧笑了,边笑边问:

"还有呢?"

"还有,嗯,还有不要生气。"

"哎哟,就这些吗?"

"还有还有。"

太郎说着，仰起梳着系髻①的小脑袋，又笑了。那孩子眼睛眯成一条线，露出小白牙，一对小酒窝。马琴看着，无法想象这孩子长大后也会变得和世人一样可怜。马琴沉浸在祖孙幸福中，心里却这么思索着，然后，忍不住更想逗他。

"还有什么？"

"嗯，还有很多。"

"比如说什么呢？"

"嗯，爷爷以后会更了不起呢，所以……"

"变得更了不起，所以？"

"所以，您要好好忍耐。"

"我是在忍耐啊。"马琴不禁认真说道。

"您要更加再更加忍耐。"

"谁和你说的？"

"这个嘛。"

太郎调皮地瞅了他一眼，笑着说："猜猜是谁啊？"

"对了，你今天去拜佛烧香了吧？是不是听庙里的和尚说的？"

---

① 系髻，江户时代儿童、侠客、演员发型。将头发剃光，只有双鬓留下一丝，在后脑勺打成髻。——译者注

"不是哦。"

太郎使劲摇头，断然否定，从马琴腿上坐起半个身子，下巴略微往前伸了伸，说道："是……"

"是谁？"

"是浅草的观音说的。"

话音未落，孩子开心大笑，笑声传遍家中。他像是怕被马琴逮住似的，急忙从他身边跳开。轻轻松松地戏弄了爷爷，太郎开心得直拍小手，一溜烟逃去餐厅了。

就在此刻，马琴的内心被某个严肃的想法触动了。他嘴角洋溢着微笑，眼里却满是泪水。这玩笑是太郎自己想的还是他妈妈教的？他不该问这些。此时此刻，从孙子口中听到这些话，马琴觉得不可思议。

这位六十多岁的老艺术家含泪而笑，如同孩童般点了点头。

十五

那天晚上。

圆形纸罩灯台的昏暗灯光下，马琴继续写着《八犬传》。他写作的时候，家里人都不来打扰。屋里静悄悄的，只有灯芯的吸油声、蟋蟀的鸣叫声，这两者融合在一起，懒懒诉说着漫漫长夜的寂寞。

刚落笔之时，他脑中便闪过一丝微光。写了十行二十行后，随着笔尖的挥动，这微光越来越亮。凭经验，马琴知道那是什么，便小心翼翼地往下写。灵感如火一般，如果不懂怎么起火，即使有了也会马上熄灭……

"不要着急，尽量想得更深入一些。"

马琴几次三番提醒自己，不能任由笔奔腾。但脑中刚才那点微光，现在竟如洪水一般奔涌而来，而且越来越汹涌，不容分说地推着他往前赶。

不知何时开始，他已经听不到耳边的蟋蟀声。灯光虽弱，但眼睛也不觉得难受。一支笔势如破竹，在纸上尽情宣泄。他仿佛与神人较量一般，拼了老命奋笔疾书。

脑中的洪流，仿佛横跨天空的银河，不知道从何处滚滚奔腾而来。他担心自己体力不支，于是抓紧笔杆，不停地提醒自己："就是豁出老命，也要一直写下去。这些东西，现在不写后面就写不成了。"

但是，那洪流如朦胧之光，完全没有减速，让人头晕目眩，飞腾奔涌，淹没一切。他终于彻底被俘虏，忘却了一切，顺着那股洪流，如暴风雨般奋笔疾书。

此刻，马琴如同帝王一般，他眼中没有利害也没有爱恨。内心不为褒贬烦恼，只有不可思议的愉悦，或者说，那是一种感激，无比悲壮，令人陶醉。不懂得这种感激之情，又怎能体会戏作三昧的心情呢？又如何理解小说家那庄严的灵魂呢？这就是人生——洗净残渣，犹如崭新矿石，美丽闪耀，展现在读者面前……

这时，阿百和阿路这对婆媳在客厅里正面对面坐着。灯光下，两人忙着做针线活。太郎已经睡了。瘦弱的宗伯坐在旁边，一直忙着搓药丸。

不久，阿百用针擦了擦头发上的油，不满地嘟囔："你爹还没睡吧？"

阿路的视线没离开针脚，答道："肯定还在埋头写东西。"

"真是拿他没办法，又赚不了几个钱。"

阿百这么说着，看了看儿子和儿媳。儿子装作没听见，不做声。阿路也不说话，继续她的针线活。这里和书房，都能听见蟋蟀的鸣叫声，秋意更浓了。

芥川龙之介于 1917 年 11 月

单 相 思

（夏日午后，京浜线电车里，我遇到了一位大学时期的同窗好友，聆听了这样一段故事。）

故事发生在前不久我因公赴 Y 处出差期间。对方举办了宴会，我受邀参加。Y 处房间的壁龛[①]上挂着乃木希

[①] 和式房间客厅里，为在墙上挂画和陈列装饰物品而略将地板加高的地方。——译者注

典①的石版印刷画，画前供着一株人造牡丹。傍晚时分，室外飘雨。室内人不多，比我想象中要好。二楼似乎也在举行宴会，幸好不似当地民俗，并不喧闹。结果你猜，在那些陪酒女中，我发现了谁——

你也知道，我们以前常去U店喝酒。店里有位侍女叫阿德，塌鼻、窄额、好恶作剧。你看，她进来了。只见她身着日式陪酒和服②，手拿酒壶，和其余陪酒女无异，看似若无其事。一开始我以为认错人了。等她走近，仔细一瞧，就是阿德。与过去一样，每说一句话，总要抬一下下巴。我心中无常之感油然而生，因为我知道，她原本是志村的单相思对象。

当时，志村那哥们满怀诚意前往"青木堂"，买来一小瓶薄荷甜酒，嚷嚷着"真甜，你来尝尝呀"。酒自然甜，可那时候的志村却很天真。

就是那个阿德，如今却在这样的地方干着这样的活。身在芝加哥的志村若是知道，会有何感想？想到这儿，我想喊住她。转念又忍住了。——这是阿德的情况。我应

---

① 乃木希典（1849—1912），日本陆军大将，野蛮推进日本的对外侵略扩张政策，在中国犯下滔天大罪，明治天皇去世后，同其妻剖腹自杀。——译者注
② 艺伎前往客人座位时，所着日式和服。——译者注

该说过，她曾在日本桥附近待过。

此时，对面的阿德主动和我搭讪，嘴里念着："嗨，好久不见呀。在U店见过后就没再见过呢。您真是一点变化也没有呢。"阿德这女人，来这之前就已经喝醉了。

不管她喝得多醉，久别重逢，又加上志村的因素，我们聊得颇多。结果，你猜怎么着，同席的其他人一副理所当然猜疑的表情，故意起哄。晚宴的主人带头表示，如果我不一件一件坦白就不让离席，弄得我很尴尬。没办法，我讲述了志村买薄荷甜酒的故事，说道："这就是当年让我好友碰了一鼻子灰的女人。"听着荒唐，我还是说了。晚宴的主人上了岁数，一开始我便如同被叔父带来茶屋的孩子一般。

听到有人被拒绝，大家哄堂大笑，连其他艺伎也一齐凑来，奚落阿德。

然而，阿德（现在叫福龙）这女人却并不承认。叫她"福龙"也挺合适。《八犬传》中是这么描述龙的："悠哉自在者，取名福龙。"然而，阿德这"福龙"却既不悠哉也不自在，十分可笑。这些当然都是题外话。说她不承认，也符合逻辑："就算志村先生真的喜欢我，我也没义务必须喜欢他啊。"

她接着又说:"即使没有那回事,我在很久之前曾有过一段美好时光。"

那就是传说中单相思的哀伤。说到这里,可能是想举个例子,阿德讲述了一段匪夷所思的爱恋。而我想讲给你的,正是阿德的那个故事。听起来难以理解,也不有趣。

但让人不可思议的是,如此虚无缥缈的爱情故事,听后竟不觉得无聊。

(我曾说过:"只有当事人才能体会其中奥妙。"

"那小说中描写梦境和情爱也很难吧?"

"正因为梦境是感官产物,所以更是如此。小说中的梦境完全没有真实感。"

"但是,怎么会有那么多优秀的恋爱小说呢?"

"虽然优秀的作品很多,但我想起来了,无法流传后世的劣作也很多呀。")

如果能明白这些,心里便踏实了。反正这已经算是劣作中的劣作了。用阿德的口气来说:"哎呀,那不过是我的单相思啦。"你就抱着这样的心态,听我说下去吧。

阿德爱上的男子是个演员。据说还在浅草田原町娘家住时,她就在公园里对他一见钟情。如此说来,你肯定认为他是"宫户座"或"常盘座"剧团里跑龙套的吧。

但并非如此,你如果认为他是日本人,那更是大错特错。他是个老外。阿德办事总是那么草率,让人好笑。

所以,她既不知那男人的姓名,也不知他住何方,甚至不知道他的国籍。他有老婆吗,是否单身?——这样的问题本身就很庸俗。太可笑了。哪怕是单相思,这也太过愚蠢了。我们去"若竹"看戏的时候,哪怕听不懂说唱内容,却还知唱者是日本人,艺名叫升菊。——我就这么奚落过阿德,于是这女人认真起来:"我也想知道啊,但没法弄清。我不是没办法嘛。我只能在幕上见到他。"

剧场的幕布上相见?这也太奇怪了。若说是幕布中,我姑且能理解。于是我又细问,发现她的单相思对象竟是电影荧幕上的西洋喜剧团演员。我惊讶万分,但那确实是幕布上[①]见面。

其他人都认为结局太过糟糕,甚至有人嚷嚷:"哎呀!这也太捉弄人了!"因为所处港口,民风粗野。看起来,阿德并未说谎,但她已睡眼惺忪。

"就算我想每天去,也没有那么多钱呀。费尽力气只能勉强一周看一次。"这就罢了,她后面的讲述更是离奇,"我求母亲让我去看一次,她总算同意了,结果

---

① 此处幕指电影荧幕。——译者注

却是人头攒动。我被挤到了犄角旮旯。好不容易屏幕上出现了他的脸庞，却是又扁又长。我好伤心啊，伤心欲绝。"她用围裙捂住脸，伤心地哭泣。因为爱慕对象的脸庞在银幕上被拉成了歪瓜裂枣，这自然令人伤心。对此，我也很同情。

"我看了十二三回他扮演的不同角色。他长脸、瘦削、蓄须，大部分场合都着黑衣，就像你身上的这种。"我当时穿的是晨礼服。因为刚才吃过苦头，于是我先发制人问道："他像我吗？"她一本正经地说："比您更好。""比您更好"这说法未免太苛刻了吧。

"不管怎样，你只是幕布上见他吧？假如他是个大活人站在你面前，还可以跟你说话，可以眉目传情。现在即使想这么做，也只能对着电影而已。"毕竟只是电影画面，无法随身携带。"人们常言互相思念，就连不被思念的人，最后也会成为有人思念的人。话说，志村先生常给我送薄荷甜酒，但我却无法感受到那种思念。这就是因与果呀。"阿德说的话都有道理。这女人虽然可笑，却是情真意切。

"后来当了艺伎，我也常带着客人去看电影。但不知何故,他再没有出现在电影里。无论何时,都是《名金》[①]和《齐哥马》[②]之类的影片,都是我连看都不想看的人在演。最后我觉得与他彻底无缘,彻底绝望。可是你猜后来怎么了……"

在座的其他人已不想继续听下去。阿德只能拉着我,半带哭声,苦苦诉说。

"您猜怎么着。刚到这里,我第一次去看电影的那个晚上,相隔数年,他又出现在银幕中。——似乎是西洋的某个街道。路上铺着石头,路中栽着一棵树,好像是梧桐。两侧都是洋房。只不过影片太老,画面泛黄,朦朦胧胧,如同黄昏。画面中的房子和树木,仿佛都在奇妙地晃动,一片孤寂荒凉。此时,他牵着一条小狗,叼着香烟,出现在银幕中。仍旧穿着黑衣,拄着手杖,和我少时见到的样子毫无差异……"

一晃十年,与思念之人再度相逢。对方在电影画面里,未曾变化,这边的阿德却变成了福龙。想到这里,我不禁怜悯起阿德。

"后来,他走到那棵树下,略作停留,向这里摘帽

[①] 美国早期电影。——译者注
[②] 法国早期电影。——译者注

微笑。这不是在和我打招呼吗？如果知道他的名字，我真想呼唤他……"

你就喊吧。别人会认为你疯了。即使在Y地，也没有艺伎会迷恋上电影人物吧。

"这时，对面一个娇小的女洋人独自走来，纠缠着他。据解说那是他的情妇。那老女人上了年纪，帽子上还插着硕大的鸟羽，真让人恶心。"

阿德吃醋了。可那也是电影中的故事而已呀。

（说到这里，电车抵达了品川①。朋友知道我在新桥②下车。眼看着车快到站了，他不时看往窗外，担心说不完，语调略焦急，加快了讲述的节奏。）

后来，电影中又发生了很多故事。最后男人被警察抓走，电影结束。警察为什么抓他呢？阿德和我详细描述过，可惜我已经忘了。

"许多人涌来，他被绑了起来。不，场景换了，不再是刚才的街道，似乎是西洋酒吧之类的地方。那里摆着一排排酒瓶，角落处还挂着一个很大的鹦鹉笼。好像是晚上，周围一片蓝色。在那片蓝色之中，我看见了他哭泣的脸庞。你若看到那面容，肯定也会为之动容。他

①② 品川、新桥皆为东京地名，此地指电车站。——译者注

泪水满面，嘴巴半开……"

此时，哨声吹响，画面消失，只剩下白色的银幕。阿德这女人总结得好："一切消失殆尽。消失即无常。世间万物，皆是如此。"

听到这里，我似乎顿悟。阿德又哭又笑，用让人讨厌的语调，对我说了这些。说得难听些，她已经歇斯底里了。

然而纵使她歇斯底里，也有认真的时候。也许，说迷恋电影演员是骗人的，实际上对我们中的某位单相思却是真的。

（这时，我们俩乘坐的电车正好抵达了黄昏的新桥站。）

芥川龙之介于 1917 年 9 月 17 日

女　体

　　杨某是一名中国人。某日夏夜，异常闷热，杨某热醒了。他用手支头，趴在床上，陷入无边无际的遐想之中。突然之间，他发现有一只虱子在床边爬着。屋内，灯火昏暗。虱子的脊梁泛着银色的光芒，它似乎盯上了一旁熟睡的妻子的肩膀，正慢慢爬去。裸睡的妻子一直面朝着杨某躺着，正发出均匀的呼吸声。

看着虱子缓慢地前进，杨某寻思虫子的世界究竟是什么样的。自己两三步就能到的地方，虱子却要花费一个小时才能到，而且它游走的区域也只是床上而已。杨某心想，若自己生为虱子，必定无聊……

漫无边际地天马行空之时，杨某的意识逐渐朦胧。当然，这不是梦，也并非现实。他只是陷入心灵深处，无比奇幻，恍恍惚惚，似沉非沉。不久后，他突然醒来，无意间魂魄进入虱子体内，在汗臭的床上慢慢爬动。杨某觉得十分意外，不禁茫然，呆立不动。但是，让他吃惊的不仅于此。

他眼前有一座高山。那山自成圆形，温婉如玉。如同钟乳石一般，从眼不能及的高度垂到眼前的床上。贴着床的部位又若石榴籽，泛着浅红色，看似藏着火焰。除此以外，整座山从任何角度看都洁白无瑕。那白色柔和光滑，宛若凝脂，仿佛月光洒在白雪之上，只有坡度缓和的山腰凹处反射出淡淡的蓝色阴影。那发光之处泛着玳瑁色，与山融为一体。遥远的天际描画出弓箭般的美丽线条，如此之山唯有此处才有……

杨某无比惊叹，睁开双眼，凝视着这座美丽的山。但当他知道这是妻子的一只乳房之时，杨某更加惊讶。

他忘却了爱恨，甚至忘却了欲望，一直盯着象牙般的巨大乳房。惊叹之下，他忘记了床上的汗臭味，仿佛凝固了一般，一动不动。——杨某变成虱子之后，才真正发现了妻子的肉体之美。

而对于艺术家来说，除了女人之美以外，也应像虱子一样观察世间万物。

芥川龙之介于 1917 年 9 月

黄 粱 梦

卢生以为吾身已亡。眼前茫茫漆黑，子孙的哭泣声越来越远。脚上似乎拴有无形的秤砣，身体在不断地下沉……就在此刻，他突然惊醒，不由瞪大双眼。

这时他发现，道士吕翁仍坐他枕边。店家的黄米饭仍未煮熟。卢生从青瓷枕上抬头，边揉眼边打了一个大呵欠。邯郸之地，秋日午后，落叶纷纷，阳光照在秃枝之上，却仍感阵阵寒意。

"你醒啦？"吕翁强忍笑意，咬着胡须问道。

"是啊。"

"是否做梦？"

"做了一个梦。"

"所梦何物？"

"梦了很多，这梦很长。梦中我最初娶了清河崔氏之女为妻，是个美丽端庄的女子。第二年，我中了进士，官任渭南尉。再后来，官升监察御史、起居舍人知制诰[①]，平步青云至中书门下平章事[②]。这时却遭谗言暗害，险些送命，幸而留得残命放逐驩州，在那里过了约五六载。后来冤屈得以昭雪，我得召归朝，官任中书令，被封燕国公。那时我已年迈，子辈有五人，孙辈有几十人之多。"

"后来如何？"

"后来吾驾鹤西去。大概八十多岁。"

[①] 起居舍人，职官名，主修《起居注》；知制诰，指起草诏令，唐初开始有知制诰一职。——译者注

[②] 中书门下平章事，简称"同平章事"。初用于唐太宗时实际担任宰相者，或加之同中书门下平章事，即与政务中枢——中书、门下协商处理政务。——译者注

吕翁得意地摸着胡须：

"那么你已尝尽荣辱之道，穷通之运。真乃妙事。人生之路与你所梦完全一致。那么，你对人生的执着与炙热会冷却几分吧？你已知得失之理、生死之情。再看人生，甚觉无意。对否？"

吕翁的话让卢生心生烦躁。当吕翁还在说教之际，卢生扬起年轻的脸庞，炯炯有神，答曰：

"正因是梦，所以吾欲真实体验。彼梦会醒，此梦也终有梦醒之时。在梦醒前，吾意真真切切地活一次。您觉如何？"

吕翁蹙眉沉默，未答是否。

芥川龙之介于 1917 年 10 月

英雄之器

"项羽此人,终非英雄之器。"汉军大将——吕马通[①]的长脸拉得更长了,他捋着稀疏的胡须说道。

是夜,营帐之中,十余人围坐,中间的灯火映红了

[①] 吕马通,即吕马童,西汉初年功臣之一。参与围剿西楚霸王项羽之战,取了项羽首级,因功封侯。——译者注

每个人的脸庞。众人脸上挂着平日没有的笑容。皆因今日打了胜仗，取了西楚霸王项羽的首级，胜利的喜悦此刻尚未消散。

"是么？"有人发话。此人鼻梁高耸，眼神锐利，嘴边带着一丝讥笑。他盯着吕马通的眉间说道。

不知为何，吕马通似乎略显狼狈：

"项羽确实武艺高强。连涂山禹王庙的石鼎都能举起。今日之战也是如此，在下觉得下一刻将命丧黄泉。他杀了李佐，杀了王恒。这般攻势，真是天下无敌。"

"哦？"

对方依然微笑，淡然点头。营帐外面，悄无声息。除了几声号角，连马的嘶吼声也听不到。空气中隐约飘来了一股枯叶味。

"但是……"吕马通环视众人，同时眨了下眼，"但是，他并非英雄之器。今日之战便是证据。楚军被逼至乌江江畔，仅剩二十八骑。面对人数如云的汉军，楚军已是穷途末路，无力回天。据说乌江亭长亲自驾船接他去江东。若项羽真是英雄之器，应忍辱负重，且渡乌江，待日后卷土重来，此时并非顾及面子之时。"

"如此说来，所谓英雄之器，就是应该精于算计？"

听了这话，众人异口同声，低声而笑。但吕马通毫不气馁。他不再捋须，稍稍挺胸，时不时看看那高挺鼻梁、目光尖锐的面孔，卖力地比着手势，侃侃而谈。

"非也，在下并非此意。且说项羽之事。今日开战前，项羽曾告诉二十八部下'亡项羽的是老天，而非兵力不足。以现有兵力，必三胜汉军。请诸君拭目以待'。实际上，岂止三胜，而是九战九胜。但在下认为，此乃懦弱之言。将己方失败推给老天，老天真无辜。如果在渡乌江之后，召集江东健儿，再度逐鹿中原后说这话，那又另当别论。但是，事实并非如此。本可好好活着，却自寻死路。在下说项羽非英雄之器，并非因为其不精于算计，而是因为他将胜败归于天命，这可不行。英雄不应如此。在下不知萧丞相等饱学之士如何认为。"

吕马通得意地环顾左右，众人以为其言之有理，纷纷轻轻点头，满意地沉默了。此时，一个高鼻梁的人眼中突现一丝感动，他那黑色瞳孔热情似火，闪闪发光。

"果真如此？项羽说了这样的话？"

"据说说过。"

吕马通那张长长的脸，用力地上下点着。

"这不是懦弱吗？至少不是大丈夫作为。所谓英雄，应敢与天斗。"

"是也。"

"知天命,仍敢与天斗,此乃英雄也。"

"如此说来,项羽……"

刘邦抬起锐利的目光,凝视着秋风中摇曳的闪烁灯火,半自言自语,缓缓答道:

"如此说来,项羽确乃英雄之器也。"